BESTSELLER

José Luis Sastre es periodista. Licenciado en la UAB, ha trabajado toda su trayectoria en la Cadena SER, donde ha sido editor, presentador y cronista político y parlamentario. Ha escrito en distintos periódicos y es autor de varios pódcast. En la actualidad, es subdirector del programa *Hoy por hoy*, columnista en *El País* y es uno de los integrantes de *Sastre y Maldonado*. *Las frases robadas* es su primera novela.

También puedes seguir al autor en sus redes sociales:
🖸 @jlsastre19
𝕏 @jl_sastre

JOSÉ LUIS SASTRE

Las frases robadas

DEBOLS!LLO

Papel certificado por el Forest Stewardship Council®

Primera edición en Debolsillo: marzo de 2026
Primera reimpresión: mayo de 2026

© 2024, José Luis Sastre
© 2024, 2026, Penguin Random House Grupo Editorial, S. A. U.
Travessera de Gràcia, 47-49. 08021 Barcelona
Diseño de la cubierta: Penguin Random House Grupo Editorial
Imagen de la cubierta: © Tim Robinson / Millennium Images

Printed in Spain – Impreso en España

ISBN: 978-84-663-8136-9
Depósito legal: B-1.078-2026

Compuesto en Mirakel Studio, S. L. U.
Impreso en Liberdúplex
Sant Llorenç d'Hortons (Barcelona)

P 3 8 1 3 6 9

A Eva

Yo busco la canilla que siempre queda abierta en algún piso, por allí saco la nariz y miro la oscuridad de las habitaciones donde viven esos seres que no pueden andar por los caños, y les tengo algo de lástima al verlos tan torpes y grandes, al oír cómo roncan y sueñan en voz alta, y están tan solos.

JULIO CORTÁZAR, *Discurso del oso*

Mi padre morirá este mes, quizá el que viene. Él lo sabe y yo también. Lo sabe de antes de que se lo dijeran los médicos porque conserva una lucidez cruda que no engaña y no envejece, que cuida como si fuera su último patrimonio. Dice que se alegra de que no se le alargue más la enfermedad y yo le digo que cómo va a alegrarse de morirse, pero entonces me contesta que es peor la decadencia que la muerte. Lo dice serio, que es cuando mejor sonríe.

Desde que sabe que se muere parece que le importen menos las cosas, aunque él sostiene que le importan lo justo y que le ha llevado una vida llena de años aprender algo tan sencillo: que hay renuncias que son victorias. Se aprovecha de que no puedo negarle nada y me manda a por el periódico para que se lo lea en alto al borde de la cama. Me tiene ahí un rato, fingiendo el gusto por las crónicas del mundo cuando lo que quiere de verdad es que llegue a la página de las esquelas. Siempre es igual: le leo el nombre y los apellidos del difunto y si su familia le ha pensado una despedida, un mensaje, lo que sea; pero ya nadie les escribe en las esquelas a los muertos. Pregunta por la edad del fallecido, que es lo que le interesa en ese extraño juego que se trae: asegurarse de que no será el más joven del cementerio. Un consuelo quiere, al menos eso. Luego, le leo la clasificación de la liga de fútbol y le divierte que le diga que, según el horóscopo, Saturno acaba de entrar en su signo y eso le augura un mes de buenas noticias. La costumbre de comprar el diario mi padre la perdió al enviudar, porque era mi madre quien conservaba el hábito y porque él solía andar de viaje. Él fue, hasta que se jubiló, maquinista de aquellos trenes nocturnos con vagones interminables de los que ya no hay, de manera que ha vivido más de noche que de día y casi siempre a bordo. Acostumbraba a mirar el andén en cada salida para escoger a una persona del pasaje e imaginar su historia en el trayecto: si estaba soltera o casada, si se empleaba en una oficina o en una tienda, si sabría lo que es la vida.

Mi padre, que es un romántico, se conecta al mundo a través de un transistor que sus padres, mis abuelos, compraron en la Francia de la posguerra y que, de tan viejo, tiene una clavija en el centro para separar la onda media de la onda larga, con la que aún se sintonizan emisoras extranjeras de las que se diría que dan las noticias de la Guerra Fría. En realidad, es lo que a menudo dan. Funciona con cuatro pilas gordas y emite una especie de interferencia continua por la que a mi padre le gusta tanto la radio, porque ese ruido se hace familiar y evita los vacíos, que estos días son muchos y son incómodos. Al cabo, no es fácil saber lo que hay que decirle a un hombre que se muere: cuando no puedes prometerle que todo saldrá bien, lo único que te queda es la verdad.

Le he visto desde niña pegado al transistor, que es de los pocos que todavía le habla sin condescendencias y del que repite que su familia lo escondió en la dictadura y que lo escuchaban con miedo y a oscuras hasta que pasado el tiempo y el dictador, ya en democracia, se decidieron a ponerlo a la vista en la repisa principal como una celebración y un recordatorio. Esa radio, incluso apagada, contiene las últimas décadas de una familia y de un país, por lo que ha sido costumbre que mi casa la presida una interferencia que luego mi padre se ha llevado al cabecero de su cama, donde la tiene ahora. Ese aparato viejo y de otra época ha hecho sus mismos kilómetros y, al acabarlos todos, se lo ha traído de vuelta porque lo prefiere al televisor, que tiene dicho que si imaginas a la gente en vez de verla solo te decepciona la mitad. Por muchos meses, se obstinó en que aquel que en televisión aseguraban que era Santiago Carrillo no podía ser Santiago Carrillo, porque un señor tan bajito no podía tener una voz tan grave. Una tarde, poco después de que legalizaran el Partido Comunista en plena Semana Santa, se fue a un mitin para convencerse de las dos posibilidades: si era Carrillo y si era lo bajito que parecía. Comprobó ambas y regresó de malhumor, despotricando de que la televisión hubiera roto sus prejuicios. Mi madre recordaba aquello en cada velada con invitados y mi padre recurría entonces a su facultad más memorable, esa de sonreír muy serio.

Mi padre tiene la cara de mala leche más eficiente del país: con un poco se le ve todo, y esa discreción es el rasgo que más le distingue, sin lunares ni marcas, sin ojeras ni patas de gallo. Tan sin nada que podría ser la cara de cualquier padre, con sus ojos corrientes, su boca alargada y una nariz que dice que se le afila porque se muere y ya se sabe que al morirse las narices se ponen de punta. Mi padre es un hombre discreto e inteligente que jamás ha confundido la seriedad con la tristeza.

Tiene otras virtudes, claro. Es la persona del mundo que más observa y que mejor escucha, porque lo hace sin juzgar y yo eso no se lo he visto hacer a nadie. No le sale ni una mueca indebida, ni un gesto a deshora. En vez de regañar, mi padre espera. Silencioso y sibilino, pero sin dejar de ser buena gente. Él espera y, cuando caes en la cuenta de tu propio error, se presenta impoluto con la superioridad moral de no haber dicho nada, de no haber hecho nada, para que no tengas más remedio que rendir tus armas y darle la razón. La mañana en que le conté que me divorciaba, cuando se pudo haber regodeado en la seguridad de haber anticipado mi desenlace con sus miradas

15

sutiles, le alcanzó con darme la mano, callarse e invitarme a desayunar. A mí me enrabia esa elegancia en su perfección, y entonces me acuerdo de que tiene al fútbol como un deporte mejor que el baloncesto y de que equívocos así confirman que es humano.

A él le surgen esos gestos sencillos a los que no da valor y a mí, en cambio, me llevan a lugares remotos a los que no vuelvo desde hace mucho. Ese, en concreto, el que más: el de tomar mi mano como me hacía de niña en los veranos de feria por cuyas tardes paseábamos entre la multitud de la alameda grande. A mi madre le espantaba que me pudiera perder y mi padre nos envolvía a los tres de una lazada, simulando que una cuerda nos protegía, para cogerme luego y hablarme con los dedos. Si pasaba alguien exótico o que le llamara la atención, un señor de pintas extrañas o una señora que se pudiera imitar con la mímica, me apretaba la palma hasta que yo viera lo que él veía. Señalaba el mundo con los ojos y reíamos un buen rato mientras mi madre, contrariada, se preguntaba dónde estaba la gracia.

Viví la infancia pensando que mi madre se ponía celosa de que mi padre, que pasaba menos ratos en casa y a mi cargo, hubiera sido capaz de construir conmigo una complicidad tan real hecha de gestos tan pequeños. Anduve engañada unos años y, al fin, descubrí en mi padre una virtud que no esperé: la de saber llorar la ausencia de mi madre con una entereza inaudita. Ese día, recién muerta, tuve yo celos de ella y de un amor así, y me sentí mal de haberlos tenido.

En estas últimas semanas, desde que sabe lo que sabe, mi padre ha vuelto a la rutina de buscar mi mano como solía. A mí me asusta, porque temo que le dé por pedirme que le prometa algo y a mí me dé por prometérselo. Así que, si va a poner mis dedos con los suyos, me zafo por un desfiladero de pretextos y de excusas. Él, que lo nota, me mira serio y me pide que, a la tercera vez, lo mate.

—Si te lo digo tres veces, a la tercera me matas.

Eso me pide, y me mira. Porque mi padre señala el mundo con sus ojos.

A la salida de la consulta, cuando el diagnóstico era el que era y los médicos se lo explicaron con un reguero de pruebas que a él le cupieron en dos palabras —me muero—, mi padre me llevó al bar y me invitó a un trago. Eran apenas las diez de la mañana, pero no iba a mirar el reloj. Un café con leche y dos gin-tonics de ginebra seca. De comer poco, que hay que ahorrar para el funeral, me dijo. Luego, como si hablara de una persona que no fuera él, me recomendó que escogiera para la ceremonia soul y jazz y una canción de Los Chichos, me encargó un velatorio austero pero decente sin aclararme a qué se refería con lo de austero y mucho menos con lo de decente, y me fijó sus condiciones para los días que le quedasen.

En ello estamos, porque mi padre me ha pedido que lo ponga a vivir, que cree que si se queda quieto va a dar pena y eso no se lo desea a nadie. Me ha pedido que lo saque de paseo, aunque pierda el paso y tenga que llevarlo en brazos o a rastras. Se aovilla en la cama y me suelta entre risas que lo cargue así en el maletero y que, cuando llegue al mar, le abra la puerta y le deje cerrar los ojos y sentir el agua y oler la sal y hacer las cosas que echará de menos cuando ya no pueda echarlas de menos. Por lo común, se da cuenta de los arrebatos sentimentales y se arrepiente y él mismo los diluye con humor negro, que es lo que le ayuda a ponerse sobre su propia realidad: echaré de menos los momentos, dice, pero por suerte estaré muerto.

Hago lo que me pide, salvo la parte de meterlo en el maletero: lo subo al coche con ayuda, porque cada vez puede peor, le enciendo la radio y le llevo lo más cerca de la orilla siguiendo la ruta de siempre que ahora hace serio por no ponerse a llorar, porque la impotencia se le nota, aunque se le nota más el orgullo por evitar que su hija le vea pasarlo mal. Entonces le doy la mano yo a él y es él quien me la aparta, porque no quiere y no se deja, porque le gusta que yo esté cerca y a la vez me tendría bien lejos del miedo de no saber cómo será el momento en que se muera y del miedo de que sea a mi lado o en mi presencia, por mucho que no querría que fuese de otra manera. Después de tantos años, que son los que yo tengo, percibo sus temores sin que haya de expresarlos porque, en el fondo, tampoco son muy distintos de los míos y de mi mismo miedo: que cada vez que me aparta en parte me alegro, porque no sé qué decirle ni qué hacerle salvo esto que estoy haciendo, que es esperar a que me devuelva un guiño con los ojos que querrá decir que ya está bien, que ya lo tiene, que ha comprendido que le bastaba con un poco de la fragancia del mar para pensar en nada. Eso lo estamos aprendiendo ahora, a estar callados juntos. Mejor así que mintiéndonos. No acaba de salirnos bien, porque yo parloteo a tientas y él responde que lo tendremos listo para cuando ya esté muerto. Lo dice así para que suene peor, aunque no hay manera de hacer que suene mejor. Se ríe, y yo también, porque lo que él me ha pedido es que lo ponga a vivir.

Río con él y le entretengo con pequeñeces que signifiquen algo porque me pasa, más a mí que a él, que le busco a todo un propósito ahora que el tiempo corre hacia atrás en vez de ir hacia delante. Me ha pedido que, a la mañana, le despierte antes de que claree y le prepare un café de la cafetera italiana y veamos juntos cómo amanece sin hablarnos. Esto hay que contemplarlo en silencio para no estropearlo, dice. Lo saco al balcón y pongo su espejo en la pared de la izquierda y así, si mira por una esquina, llega a ver una punta de mar entre las calles. La casa no da a la playa, pero un día, casi por casualidad, le descubrimos ese resquicio: si se mira bien, por ese espejo se ve un pedazo de mar y el horizonte que él ya conoce. Lo único que hay que hacer es mirar con voluntad. A la hora propicia, se ven los azules del agua y la bruma de siempre y, cuando los colores se le desgastan y se cansa, mi padre regresa y dice que le gusta el alba porque es cuando se está menos seguro de la existencia del mundo. Le pregunto de quién es esa frase, que suya no es, y vuelve a reírse y a mirarme porque hay ratos en los que mi padre, que se muere, se divierte. A veces concede y confiesa: la frase es de Italo Calvino, y me riñe por no saberlo como si fueran las cosas que hay que saber. A lo mejor lo son, no lo sé. Yo de Calvino solo me acuerdo del barón rampante que vivía en las copas de los árboles. Otras veces me tiene en la duda y me pide que no hable más y que mire con él sin caer en que en ese espejo tantos no cabemos. Hoy hay buena mar, dice desde aquí lejos, como si lo siguiente fuera a ser soltar los amarres y hacerse a ella. Mi padre se cree Hemingway. Me obliga a contemplar a mí también esa porción fugaz de la mañana en que es verdad que los azules no son azules del todo, ni lo son los naranjas y los rosas del cielo, y tiene razón en que el cielo parece una impresión en esa niebla en la que una podría creer que todo es posible o, en fin, no imposible. Es breve y es falso, pero es cautivador. Mi padre, que ya no se enreda en más mentiras, se deja embria-gar en esa cuando tiene el día por nacer: durante unos segundos muy largos, piensa que todo va a durar siempre y que él será capaz de lo que sea. Se cree el Hemingway joven, dispuesto a echarse unos bailes en el malecón. Me tiene a su lado para que le guarde el engaño, por si sensaciones así pudieran compartirse con alguien, y pienso que a mí mi padre no me ha hablado nunca de la felicidad ni de si ha sido un hombre feliz. Solo me ha hablado de eso que se desprende de su cara y que en ocasiones menciona: lo de sentirse lleno. Antes le daba por decir que se sentía realizado, a lo que le objeté que esa era una palabra más propia de las fábricas que de las personas, que realizada podía estar una cafetera, pero no un ser humano. Sonrió de esa manera en que lo hace él, sin mancharse, entre dándome las gracias y perdonándome la vida, y dejó de sentirse realizado o por lo menos de decirlo. Mi padre, desde entonces, me insiste en que lo importante es sentirse pleno, que para ser feliz hay que ignorar demasiado. Si no hay un poco de infelicidad o de angustia el juego no tiene gracia, dice: la vida es el contraste.

—No es lo mismo una vida feliz que una vida plena: como lo primero del todo no se puede, yo procuro al menos lo segundo.

—¿Lo primero no se puede? —le pregunto.

—Lo primero no se sabe. Yo no sé si he sido del todo feliz en la vida y soy muy mayor para frustrarme. Sé que he tenido momentos felices y que he leído a Cortázar.

Mi padre deja caer frases de ese estilo sin alterarse lo más mínimo y sin que haga falta que yo añada algo más. Yo subo la radio y la dejo hablar un rato. Están dedicando canciones y es agradable escapar entre la música y las historias de los demás por si hay alguna peor que la tuya. Una señora ha llamado para pedir un tema de Tina Turner.

—Me la dedico a mí para animarme —ha dicho la mujer de la radio—. Soy maestra vocacional y tengo clase en media hora, pero no soporto a mis alumnos.

Ser feliz del todo no se puede nunca.

Es difícil de explicar, pero creo que ahí, sentado como está y sin hacer nada, mi padre se ve un sentido y no necesita más. En su mentalidad fabril, se ve realizado: al final de la cadena de montaje. Nunca supe advertir en él un mundo interior que ahora, sin hablar, me enseña, y del que me doy cuenta tan tarde que casi no llego. Pienso que lo conozco poco y que si conserva la capacidad de sorprenderme es demérito mío porque no me habré interesado lo suficiente. Me pasa con él como me pasa con el resto de las cosas, que creo que son por mi culpa, al menos en parte. Él me pide que no me pierda en lamentos.

—Lo que quiero es aprovechar el tiempo, y si te arrepientes lo desperdicias.

—¿Y eso cómo se hace?

—¿Lo de no arrepentirse?

—Lo de aprovechar el tiempo.

—Es un poco irónico que me lo preguntes a mí, que me estoy muriendo.

Y así es como ese hombre, que es mi padre, me enseña a mis cuarenta a no hacer nada ni a pensar en nada, y toda esa idea industrial y utilitarista que ha tenido del mundo se le desploma en la hora de la verdad, en la que, en la vejez y en el lecho en que ha de morir, constata que el secreto para sentirse lleno es vaciarse de todo: estar y punto, con lo complicado que es eso. Mi padre no se aturde ni se atormenta y esa quietud de espíritu se me hace insoportable; tanto que temo que me esté escondiendo algo inconfesable. Desprende una paz sospechosa, como si acabara de nacer.

Mi padre cultiva las contradicciones y las convierte en un rasgo fundamental de su carácter, aunque él las llama contrastes para hacerse el íntegro: adora tanto la vida que se quiere morir y pregona la utilidad del tiempo mientras te enseña a desperdiciarlo. A mí me parece que se necesitan mucho valor y muy pocos prejuicios para alcanzar esa indiferencia tan pura que te permita estar sin sentirte culpable por ello. Haría falta un mundo que no hubiera inventado el calvinismo o el capitalismo o el dolor de conciencia para vivir sin culpa. Dice mi padre que con la culpa, el odio y la risa se podría explicar la humanidad, que él se ha liberado de la culpa y el odio le exige un esfuerzo agotador. Lo único serio que le ha quedado son las risas, y eso es una proeza. Sencilla, pero proeza. Luego de decir eso, mi padre agita la copa de vino, da un sorbo y se entrega a solaz a un silencio filoso mientras se estira en la cama simulando que hace el muerto sobre el agua. Se siente joven y nadie podría discutirle que, de alguna manera, lo es.

Mi padre ahora mismo es Hemingway en el Floridita y afuera cae un calor del trópico.

De pequeña, mientras los demás padres contaban a sus hijas las historias que se cuentan a los niños, el mío me leía cuentos literarios para niños o para mayores. Las noches de más desvelo, si algo le atenazaba, me solía leer al poeta, pero eran pocas las veces. Lo habitual eran los cuentos, y me pedía que no me preocupara por entenderlos, sino que aprendiera a disfrutarlos. Yo, tan pequeña, apenas comprendía, ni los relatos ni a mi padre, salvo cuando llegábamos al dinosaurio de Augusto Monterroso y le preguntaba qué sentido tenía que hubiera un dinosaurio que todavía estuviera allí y que esa hazaña estuviera impresa en un libro. Algunos días mi padre contestaba que aquellas fábulas significaban lo que significaban, y a mí me parecía que ante una respuesta de ese calibre yo no podía alegar nada. Yo asentía y temía que hacerse mayor consistiera en ir diciendo que sí sin saber en realidad lo que significan las cosas, empezando por los dinosaurios. Otros días mi padre me reprochaba la pregunta: no quieras entender todo si no quieres ser una infeliz. Lo decía en un tono tan cálido que le daba a la frase un toque siniestro. Igual fue por eso que hubo un texto que se convirtió en mi favorito y lo es aún, el que Julio Cortázar escribió sobre un oso que recorría los caños de una casa: el oso que iba por los tubos de la calefacción y gruñía contento mientras se asomaba por los grifos. A mí aquella historia no me dejaba ninguna enseñanza ni me despertaba preguntas incómodas, si acaso me hacía pensar en el oso y en los caños de una casa y en cómo diantres se podía haber metido un animal semejante por un canal tan estrecho.

A juicio de mi padre, cuentos así eran mejores para mi formación, porque los tradicionales resultan crueles, con sus finales felices. Nadie puede prepararse para el mundo adulto de esa manera, decía. Y es verdad que, de mayor, no recuerdo moralejas ni caperucitas. Yo de lo único de lo que me acuerdo cuando pretendo dejar la mente en blanco es del oso que iba por los caños de la casa.

En eso mi padre me lleva mucha ventaja y practica lo que predica: si se lo propone, llena los pensamientos de osos que le producen una dicha simple y sincera.

De pronto, echa en falta las voces de otros:

—Coge los libros —me pide.

Me lo pide mucho.

De siempre, mi padre ha tenido la misma manera de leer: subraya a lápiz las frases que le gustan o le provocan y deja su rastro con rayas y apuntes sueltos. Si no te conmueve no vale la pena, suele decir, pero que conmueva no significa que le haga llorar o le perturbe; le alcanza con que ese libro toque algo en él o le evada. De no ser eso, no es nada. Camilleri escribió que fue con André Malraux con quien sintió que algo en su cerebro se desplazaba, y si a mi padre no se le desplaza el cerebro ni un poco deja la lectura a medias. A mí un libro por acabar se me vuelve un remordimiento y creo que si lo abandono será otra vez por mi culpa, pero a mi padre el remordimiento le entra si se ve perdiendo el tiempo. Diría que su facilidad para meterse en su propio mundo se debe a esa experiencia en invadir los mundos de otros: subraya los libros entre líneas, escribe en los márgenes, anota en la primera hoja el número de las páginas mejores y, en la última, las palabras que aprende. Tuvo una época, incluso, en que separaba sus hallazgos según fueran verbos, nombres o adjetivos, y no era raro que, si le gustaba mucho una expresión, quisiera convencerme de que la incorporase a mi vocabulario, aunque estuviera en desuso o fuera de otros países. Yo sabía cuándo andaba con una novela de García Márquez porque, en cuanto la empezaba a leer, se contagiaba de palabras del Caribe que él me compartía como si fueran lingotes de oro que me animaba a usar. A mí me encandilaba ese habla llena de sílabas en la que se decía bambolear y bullaranga y fragoroso y alborotar y una ristra de palabras de novela que intenté usar sin acabar de encontrar nunca la manera en que la gente no me mirase raro o no me mirase mal. Después, la adolescencia me arrancó esa costumbre y arruinó buena parte de mi léxico, conque mi padre se tuvo que conformar con el refugio que le ofrecían las últimas páginas de sus libros. Me lamento: aprendí con la edad que lo que hablamos nos define, y a mí me faltan más esdrújulas.

Su ritual de lectura, mi padre lo ha empezado siempre fijándose en la dedicatoria, si la hay, y es capaz de recitar de corrido varias de ellas. Sostiene que si los libros están dedicados a las parejas de los autores están llenos de buenas intenciones y si los dedican a sus madres es porque suelen tener las últimas. Si él fuera a escribir un libro, dice que se lo dedicaría a un rival o a un enemigo, por miedo a que no se lo comprase nadie. A Fulano de tal, pondría, porque es idiota. Cree que eso, al menos, serviría como reclamo. Con todo lo que ha leído, jamás se ha planteado escribir, porque opina que cada uno debe saber estar en su sitio.

Eso pienso yo: que a veces atreverse es arriesgar demasiado.

La dedicatoria que más repite es la de Almudena a Luis, porque le parece romántica sin ser cursi: «A Luis, otra vez, como siempre. Y nunca serán bastantes». Insiste entonces en que le gustaría una esquela así, que le hiciera parecer un muerto distinguido, pero le advierto de que yo no tengo ese don para expresar tanto con tan poco. A mí lo que se me ocurre poner en una esquela es la hora del funeral y pedir a la gente que no se retrase. Prefiero la puntualidad a los elogios: si van a venir a decir lo mucho que lo sienten, lo mínimo es que no nos hagan perder el tiempo.

Mi madre le reñía cuando sacaba el humor negro con otros muertos y le reñía también por garabatear las lecturas, porque condicionaba su mirada si ella se interesaba por uno de los libros que él hubiera acabado. Consciente de que tenía razón, mi padre compraba uno nuevo limpio y libre de notas, por lo que hay en mi casa dos ejemplares de *El extranjero* y de *El guardián entre el centeno* y de las grandes novelas del siglo pasado, una versión impoluta y otra comentada. Antes pagaba dos veces que renunciaba al lápiz, porque sentía que había frases a las que ofendería si no las subrayaba y les hacía saber que serían suyas. Ese era el trato: si les ponía la punta encima, se las adueñaba.

A veces mi padre devolvía un libro a la biblioteca y corría enfebrecido a comprarlo y a empezarlo de nuevo. Su pasatiempo preferido, más que los demás, ha sido dejar que esos libros, leídos, madurasen en las estanterías igual que los vinos en las barricas para darse el capricho de releerlos a los años en busca de su fortuna, que eran esas frases que él recordaba y a las que acudía para comprobar que seguían tal cual, sin envejecer ni un pelo. Por eso las lleva a mano como la calderilla en los bolsillos, porque mi padre es un fraseador imbatible. Las memoriza y las reparte sin artificios en un proceso que para él es natural. Las lleva incrustadas en la meninge y nunca sabes bien si habla él o Maggie O'Farrell o José Saramago o Josefina Carabias o Leila Guerriero o cualquier autor al que llegase porque le hubiera cautivado una portada, una faja, una solapa o un primer párrafo del que no se desprendería nunca. Ahora que frasea mejor que los políticos cobra todo un sentido: esos pasajes que subrayó parecen haberse escrito para estos ratos en los que tampoco él sabe qué decir, y tira de la literatura para que le dé el sarcasmo o los reflejos de los que le priva la enfermedad. De dónde si no repetiría que su verdadera inquietud está en cómo le va a quedar la huerta, que es como se refiere a su legado desde que se lo leyó a Voltaire en el *Cándido*.

Por qué si no me pregunta por *El hombre rebelde* o me pide que le lea uno de los cuentos cortos de Cortázar. Por qué me dice, cuando se quiere escapar del medicamento y del dolor, que le lea pedazos de los libros de Gerald Durrell y los ríe a carcajadas, si fue su primer impulso en cuanto supo lo grave que estaba: ni me llamó a mí ni llamó a sus amigos ni se desmoronó tampoco. Se arrellanó en la butaca gris y empezó a releer el primero de la saga como si aquello fuese lo único que pudiera hacerse: entregarse a un libro que empieza con la muerte de una madre y que celebra la alegría de vivir en un confín del Mediterráneo. Él, que nunca ha estado en Corfú, reconocería la isla palmo a palmo gracias a esos relatos que para él son una patria, que la patria puede ser un cuento lo mismo que un bar, un tren o un equipo de fútbol. Mi padre es un patriota de ese tipo, de los que no necesitan que los lugares existan de verdad ni tengan fronteras físicas. Sería como pedir que existiera Macondo, dice, y eso sería no entender nada; por eso prefiere mil veces la radio al televisor.

Él ha sido feliz en el Corfú exuberante de los Durrell, leyendo a la fresca de la calle y recreando el famoso combate abrasador entre una mantis y una salamanquesa. No le hace falta ponerse enfermo o que le pase algo malo para darse cuenta de lo que vale ese instante tan sencillo en que es feliz y lo tiene todo. Ese don es muy suyo: el de saberlo saborear ahí mismo. Lo sé porque cada vez que le ocurre y que puede se levanta y se pone una copa de vino y una cuña de queso de oveja, que es su forma de hacer explícito su estado de ánimo.

El mecanismo de las frases lo ha desarrollado tanto que no me pide que se las lea al azar: me señala dónde está el párrafo o la nota que anda buscando, si está en una página par o impar, del principio o del final. Me dice que lo consulte en las primeras hojas o en las últimas. Ha visualizado sus libros y presume de lo bien amuebladas que tiene las estanterías de su cabeza. Me acuerdo entonces de los ojos con los que me miraba cuando, de niña, le decía que iba a ser escritora, y él se sentía orgulloso y me veía capaz. Él me ha visto capaz de lo que fuera, cosa que hacía con su mejor voluntad aunque a mí, a la larga, me ha provocado un conflicto de autoestima. Esta casa, por ejemplo, la compraron mis padres temiendo que fueran a arruinarse, y no les dolía por ellos, sino por si no les daba para financiar mis estudios. Yo era solo una niña, pero esa precaución suya me predestinaba a estudiar una carrera que implicara el gasto de tanto ahorro. Mi padre me empujó a la frustración por ese empeño suyo en quererme de una manera que me protegía de riesgos que en realidad no me acechaban. He disfrutado de ese caudal de amor, aunque soy víctima de sus efectos.

Le miro ahora, y ahí, y busco a ese mismo hombre y, si no me esforzase, vería a un hombre que parece lo opuesto a él: parece un viejo débil y enfermo. Le miro con mis ojos de niña y él, que lo sabe, me devuelve con interés la mirada que quiere ser aquella. No lo es. Miro y espero por si en algún momento aparecen aquellos ojos que mi padre solo sacaba para mirarme a mí, que fueron un seguro y un alivio, cuando pensaba que en ellos podría llenar las ausencias de mi madre. No lo son: son los de un hombre cansado que gasta las ironías de otros.

—Mira —le digo—. En este libro de Sacheri está escrita esta dedicatoria: «Para vos, papá. Por lo mucho que aprovechamos el tiempo que tuvimos».

Se ríe. Yo también un poco. Le enamoran los argentinos por cómo escriben y por cómo juegan al fútbol.

Le leo el cuento del oso.

Sé que esta ha sido la primera noche en que ha estado por decírmelo y no se ha atrevido, que ha debido de preguntarse cómo le iba a poner reparos a algo que no podría ser la alegría, pero que tampoco se alejaba tanto. Ha debido de pensar que cómo iba a querer precipitar el final de este rato de nada, hecho de libros y de sobreentendidos entre un padre y su hija. Si esto era, y nada más; y, ahora que lo tiene y que la vida se le ha puesto en orden, por qué razón habría de aprestarse a la muerte si aún queda tiempo y lo que más le importa es el tiempo que le queda. Como sé en lo que está, le hablo. Le hablo sin tregua para que, cuando venga a darse cuenta, las pastillas le hayan vencido. A él le duermen y a mí me salvan.

Hoy, al pie de la cama, he dormido a mi padre porque la vida a veces da la vuelta. He querido arroparle con la sábana, pero hace un calor que ahoga.

El cuarto de mi padre no es pequeño ni grande: es de un tamaño normal. Es poca cosa si se compara con la casa en la que me crie, que era enorme, con un patio repleto de helechos y de geranios tendidos en paredes encaladas que desconchábamos con los dedos y con un limonero en un lado, que es donde deben estar los limoneros. Esta misma habitación parece la suite de un hotel de lujo si se compara con los adosados que construyeron muy cerca de aquí, donde se racanea cada metro para poderlo encarecer. A esas urbanizaciones nuevas de casas gemelas en el pueblo las llaman las Viñas, porque las familias viven como en racimos, aunque eso solo pasa en el verano. En el invierno, se quedan huecas como cascarones, con sus buzones que rebosan de facturas y de catálogos de propaganda. Las casas se ven desde el balcón, por donde mi padre se asoma para saber si pasa algo y porque se aburre. Va de la cama al balcón y del balcón a la cama y deja que el móvil le cuente los pasos: tiene ilusiones pequeñas. Celebra si llega a los mil pasos y presume de que se va a morir con el corazón de un chaval sin percatarse de que eso quizá sea un fracaso. Se ha subido al cuarto una mesa para comer y para guardar las medicinas, y una libreta donde anota las pastillas que debe tomar y si las toma, aunque la usa sobre todo de tablero para jugar a las cartas cuando vienen los amigos. Al principio preferían el dominó, pero desde el día en que acabaron en trifulca lo han dejado en el tute. Suele ir bien, menos las veces en que vuelve a acabar en trifulca.

A la habitación, soleada por la mañana, entra luz a todas horas. Mi padre no baja la persiana porque quiere saber por la vista y no por el reloj si es de día o es de noche. Afuera siempre hay sol, dice, y esa certeza le abruma: que afuera haya sol siempre y haya vida y que de eso él se vaya a volver un espectador. En la ventana, sin que nadie las toque, hay también unas cortinas que mi madre mandó colgar cuando se llevaban los estampados de colores imposibles, atrevidas incluso para la época. Combinan el gris con un fucsia eléctrico y las coronan unas flores de un verde hipnótico que marea mirar de cerca. A mí no me gustan y a mi padre tampoco porque en vez de unas cortinas resultan una provocación, pero él se resiste a quitarlas con el pretexto de que las puso mi madre, lo que toma como un argumento y, de últimas, como un dogma. Estoy convencida de que mi madre sería la primera en arriarlas porque, más que recordarla a ella, recuerdan su capacidad para tener mal gusto, pero no se lo digo a mi padre porque hay verdades que a él no se le pueden mentar. En particular, las que incluyan una crítica a mi madre, que para él es una religión.

—A ti te trataré como a un difunto —le advierto—. No pienso convertirte en un santo solo por el hecho de que te hayas muerto, que morirse no es un mérito.

Mi madre fue a morir en primavera, a mis catorce años. No fue una muerte como la que tendrá mi padre: aquella fue por accidente. De repente. Esa expresión mi padre la dice de una: derrepente. Se la leyó así a Juan Rulfo un domingo por la tarde, que era cuando más leíamos en casa y cuando, cada uno en su sofá, echábamos las horas juntos. En la radio cantaban una lluvia de goles que aprendí a tener de fondo mientras me distraía en lo mío. En una de esas, mi padre paró la lectura, alzó los ojos y se puso a subrayar mientras decía: derrepente, eso fue lo que nos pasó. Que derrepente se le desbarrancó el mundo, viudo y con una hija.

Mi madre había salido hacia el trabajo igual que todas las mañanas, sin despedirse de ninguno porque empezaba muy temprano. Cumplió su rutina diaria. Cruzó una calle y anduvo unos pasos. Llegó al quiosco y compró el periódico, que guardó en el bolso. Se vistió con unos pantalones grises y una blusa que detestaba y se tomó un café con leche. Cruzó otra calle hasta la parada del autobús. Apenas fueron doscientos metros. Cuando solo le faltaba un paso de cebra para alcanzar la parada, el autobús se la llevó por delante con aquella blusa que nunca habría escogido de saber que sería la última. Murió en ese instante según repitieron los médicos, que insistieron tantas veces en que no había sufrido que daban ganas de agradecérselo. En realidad, se lo agradecimos, y en el entierro sus amistades lo repetían añadiendo un menos mal: menos mal que no ha sufrido. El conductor del autobús vino al sepelio y no supo qué decirnos, así que nos dijo que lo sentía mucho, pero que él iba conduciendo y cuando se quiso dar cuenta era demasiado tarde. Mi padre le contestó que lo entendía y era verdad, porque ya entonces había arrollado a mucha gente que se lanzaba a las vías. Para él los suicidios han sido siempre un indicador de cuándo iba a llegar una crisis, y las pronosticaba antes de que las anunciara la radio. Subirá el paro, decía. Y el paro subía. Subirán los precios, decía. Y los precios subían. Después de ver a la gente tirarse al tren llegó el día en que supo aislar eso de su estado de ánimo y lo relataba casi como los demás percances del viaje. Ayer llegué con retraso o hubo una avería de las gordas, comentaba de vuelta en casa, y se me tiró uno al tren. Por eso, en aquel momento en que el conductor del autobús se le acercó con la cautela de no saber si mi padre le abrazaría o le golpearía, mi padre empleó con él un tono suave y en voz baja.

—¿Me promete que ella no se dio cuenta de que venía su autobús?

—Le doy mi palabra. Su mujer iba a lo suyo y no me vio. Era esa hora de la mañana en que aún no se ha hecho de día pero ya ha dejado de ser de noche. Igual se deslumbró.

Yo sé que es por eso por lo que mi padre sale al balcón con el alba. Lo sé sin que me haya atrevido a preguntárselo nunca. Sé que él se asoma al amanecer porque si fuera posible cambiar la historia aunque fuera un poco, aunque solo fuera para traerla de vuelta, esa sería la hora en que podría ocurrir: la hora en que él se deja engañar. Supe también entonces, al escuchar la pregunta que le hizo al conductor en el mismo funeral, que a mi padre le reconcomía la idea de que pudiera haber una parte de mi madre que él desconociera y que la hubiera llevado a dar un paso de más. La respuesta que le dio el conductor del autobús no le alivió de su pena, pero le evitó que fuera una pena peor.

Sabido eso, mi padre dedicó muchos años a lamentarse de que hubiera sido una muerte absurda y yo dediqué los mismos años a asentir igual que con el cuento del dinosaurio. Yo de aquellas me hice mayor y ya entendía lo que quería decir mi padre. Lo entendía tanto que, por supuesto, discrepaba: hablar de una muerte absurda suponía que había maneras cabales de morir, y a mí ninguna de las miles de maneras en que se hubiese podido morir mi madre a mis catorce años me hubiese resultado cabal ni lógica. Yo asentía, porque lo último que le iba a hacer a mi padre en ese trance era hacerle caer en la cuenta de que de pronto yo había despertado a la madurez y además de a su mujer había perdido a su niña. Lo seguí siendo por mucho más tiempo del que me correspondía, y puede que no lo haya dejado de ser todavía del todo.

Desde su muerte, me puse a pensar con obsesión en el azar y me preguntaba si mi madre no seguiría con vida si hubiera salido de casa un minuto antes o dos minutos después, si se hubiera puesto otra blusa, si yo me hubiera despertado como hacía algunas veces para ver cómo se iba de casa sin hacer ruido, encerrando las llaves con el puño para que no sonaran. Yo me preguntaba, en fin, si en la vida existía lo inevitable. Contemplé todos los escenarios que habrían salvado a mi madre de aquel autobús aquella mañana, pero nunca me pregunté por qué había muerto: comprendí antes que mi padre que la mayoría de las veces la gente se muere sin una explicación. Eso yo lo aprendí de los cuentos.

Desde la muerte de mi madre me criaron entre mi padre y sus dos hermanas y tiré adelante como pude, sin que se me complicara la adolescencia más de la cuenta pero ahogando un duelo que aún noto que va por dentro. Mi padre nunca trató de ocupar el lugar de mi madre, y menos aún lo intentaron mis tías, afectuosas con distancia, sin llegar a empalagar nunca. En verdad, mi madre siguió estando presente de varias formas y puede decirse que, para determinados casos, era más una ausente que una muerta. Para empezar, nadie ocupaba su silla en las comidas ni su sofá del salón. Quizá por respeto, quizá por superstición. Quizá porque era de largo el más incómodo. Los días de su cumpleaños se veían sus películas favoritas y se comían canelones, que sin ser el plato que más le gustaba era el que más disfrutaba. Le encantaba contarlos: he comido diez, he comido doce canelones. Lo remataba con el mismo lamento ritual:

tanto rato para hacerlos y tan poco para comerlos. Cada vez que los horneaba nos reñía antes de emplatarlos y nos obligaba a prometerle que los degustaríamos haciendo honores al manjar, sin engullirlos. Nos salía la risa al primer bocado.

Mi madre ha sido desde que murió una presencia con la que nadie discute y a la que no es extraño que mi padre o yo le lancemos preguntas al aire y en voz alta tantos años después. Lo extraño es que suele tener razón, porque mi madre contesta. Tienes razón, mamá, suelo decirle mientras le hablo al vacío. En ocasiones, si veo un autobús sonrío porque me recuerda a ella. No se lo digo a nadie por si resulta macabro.

La muerte de alguien depende mucho del momento en que estés tú, lo cual supongo que es lo más egoísta que se puede decir. Pero es así, o así lo siento. A mi madre no la lloré mucho ni en su muerte ni después, y creo que en parte me pasa que no tengo las emociones que la gente espera de mí, que son las obvias. Me piden mucho que llore o que grite, como si mi cara fuera diciendo que reprimo lo que llevo por dentro. Pero es que por dentro no me van ni muchas ganas de llorar ni muchas ganas de reír, me va un temple que no es tibieza y al que yo llamo mi forma de ser. Aun así, defraudo. No me lo dicen, pero no hace falta. Llega a ser molesto percibir que fallas a una serie de extraños por no sentir lo que ellos esperan que sientas. Será por eso que dicen que soy muy mía, pero es mejor ser eso que de nadie. Y que soy rara, chismean también. Es rara porque se quedó sin madre, he llegado a escuchar. La gente con prejuicios hacia sí misma fabrica prejuicios contra los demás. Noto su compasión, pero yo la siento por ellos, que te preguntan si eres feliz cuando lo que quieren saber es si has tenido éxito, sin ser capaces no ya de ver la diferencia, sino la contradicción. Mi padre ha sido siempre más listo y desprejuiciado, con un talento natural para ignorar a los necios. En cambio, yo estuve tentada de ir a terapia por los traumas que los otros proyectaban sobre mí.

Mi madre era más expresiva y temperamental, muy mediterránea. Se casó con mi padre porque ella se empeñó y me tuvo a mí por esa misma obstinación. La foto de la boda —mi madre de blanco, pero de traje; una revolución— la tiene mi padre en lo alto de la cama aunque le proponga que la cambie para tenerla de frente, porque cuando se acuesta no la ve. Él no cambia nada de sitio: él lo mantiene todo igual que las cortinas, y eso convierte la casa en una pieza de estilo peculiar porque apenas les dio tiempo para distribuir las primeras compras. Eso explica que comamos y bebamos con la vajilla y los cubiertos dorados y viejos y que los platos y las tazas sean de vidrio verde y de vidrio ámbar, con cantos desportillados. Cuando está la radio puesta y se oye la interferencia, mi casa parece traída desde la estepa soviética.

Junto a la foto de la boda —no arriba ni abajo, ni en otra pared: exactamente junto a esa fotografía— luce también un crucifijo de las mismas dimensiones. No tiene mucho de singular, quitando el hecho de que mi padre no es creyente, o eso cree.

—¿Y por qué está el crucifijo?

—Porque lo puso tu madre.

—¿Y mi madre creía en Dios?

—No, que yo sepa.

—¿Y tú?

—Tampoco.

—¿Pero tú eres ateo o agnóstico? ¿Tú qué eres?

—Ateo, supongo.

—¿Supones?

—Eso creo.

—¿Y mi madre?

—También lo era.

—¿Atea?

—Supongo.

—¿Y entonces?

—Pues no sé, hija. No sé. Eran cosas que antes se ponían. Alguien nos lo regalaría.

—¿Una tradición?

—Una tradición.

—Pero el dormitorio era vuestro…

—Si lleva ahí toda la vida, no lo vamos a quitar ahora. Ahí lo puso tu madre. Ya cuando yo me muera, haces tú lo que quieras.

Mi padre juega a menudo esa carta, que es la carta comodín de cualquier padre: cuando me muera haces tú lo que quieras. Ocurre que, como sabe que esta vez se muere, se la reserva más, porque me ve capaz de hacer lo que no quiere que haga.

—A tu madre le gustaría verlo donde ella lo puso —pide.

Esa carta también la juega, la de invocar a mi madre, porque a los muertos hay que citarlos cuando se sabe que te van a dar la razón. Por eso los hacen santos.

—Oye, papá. ¿Y querrás que llame a un cura para el perdón de los pecados?

—Para eso ya me absuelvo yo, que todo lo que he pecado habrá servido si me lo he disfrutado.

Tendrá un funeral austero, decente y civil, pero el crucifijo seguirá en su sitio hasta el final.

Afuera es domingo, pero da igual.

O a mí me da lo mismo.

Mi padre oye los goles de la liga y se lamenta de tenerme atada tantas horas a su cama. Se siente culpable de estar enfermo, pero como ha decidido renegar de la culpa se corrige y dice que lo que pasa es que se siente mal. Le pongo en un brete y le pregunto qué diferencia hay y él —que sigue ahí, debajo del crucifijo— me dice que no sabe decirme. Le da por pedirme que me vaya y que salga a hacer cosas, pero lo pide poco para no malgastarse en mentiras así: ni quiere que le deje ni yo me voy a ir. Me doy cuenta de que incluso a él le cuesta desprenderse del convencionalismo que nos obliga a hacer lo que se espera que hagamos: no por un sentido del deber, sino de la apariencia. Es verdad que mi padre, que está en el proceso de liberarse de los formalismos, los rompe a la primera: no te vayas, que mañana igual estoy ya muerto, me dice. Es cáustico y útil, y yo se lo agradezco. Porque aquí estoy, en el atardecer de un día de verano, viendo morir a mi padre, que parece tan lleno de vida.

Aquí estoy, enseñándome a no hacer nada o entreteniéndole con frases perdidas, a ver si acierta de qué libro es cada cual.

—¿Y qué pasa ahora con los libros que no te ha dado tiempo a leer? —le pregunto para provocarle—. ¿Y con los que te compraste sabiendo que no te los podrías ni empezar? ¿Qué sentido tienen?

—Tienen todo el sentido. Siempre tiene que quedar algo pendiente.

—¡Qué romántico!

—Y, además, esos libros fueron en su día una ilusión. No seas jamás de esas personas a las que eso les parece poco.

Echamos los ratos, jugamos a las cartas, me habla de las noticias y de la actualidad, y eso le hace bien. También a mí, porque esos ratos serán mis recuerdos. Él se enfada si se lo digo, no porque piense en la vida sin él, sino porque piense a futuro. Derrepente mi padre se ha vuelto un revolucionario del tiempo o un negacionista de la nostalgia, y defiende su fe con el entusiasmo de un converso. Dice que él milita el presente, que hay que ser presentistas y no dejarse enredar por los lastres de la memoria. Le contesto que tampoco hay que ser tan radical, que el tiempo sirve para poner la vida en perspectiva.

—El tiempo sirve para poner la vida en perspectiva —le digo—. Para que sepamos la dimensión real de lo que nos pasa.

—Eso no es un argumento, eso es resignación. Y no te eduqué en esos conformismos.

—Es que ni eso es conformismo ni soy solo como me has educado, por suerte.

—¿Por suerte?

—Sí, claro. ¡No me reduzcas a eso! No soy solo lo que tú o mamá o las tías me enseñasteis, que eso me deja a mí un margen muy estrecho. Soy lo que decido.

—¡Qué ilusa, hija! Serás lo que improvises, como mucho.

—Lo que sé, y creo que tú también aunque lo niegues, es que el tiempo hace que veamos las cosas distintas. Muy claras.

—Eso es resignarse: que no me afecten mucho las cosas porque, al final, todo pasa. Y si todo pasa nada importa.

—No es que nada importe, es que la vida pasa y madura. Y duele distinto.

—En mi caso sería un milagro: dentro de poco estaré muerto.

—No te aproveches.

—¿Me aprovecho de estar muriéndome?

—¡Ya lo creo que sí!

—Mira, me aprovecho del tiempo que me quede de estar lúcido, y soy la prueba de que no hay nada más valioso que ese tiempo. Sé que lo que hoy veo negro mañana igual lo veré de otra manera, pero no mejor. Hay que levantarse contra esa idea del todo pasa y tampoco es para tanto; de que con el tiempo las cosas duelen menos y se ven en su importancia real. No. Lo real es lo que siento ahora y lo que veo ahora. Real y sincera es esta rabia que quizá me haga impulsivo, pero me da el coraje que la prudencia me quitaría. La prudencia o el miedo, porque eso es lo que hay y lo que más nos tenemos: miedo. Los arrebatos nos harán fallar o acertar, pero son lo más auténtico, la entraña misma, y eso es lo que te pido: que no te asuste dejarte llevar. ¿Cómo va a ser relativo el impulso, si es lo más genuino? Si la vida tiene valor con el tiempo es que ahora no vale, y eso no puede ser. No puede ser porque de pronto se acaba.

Mi padre ha empezado a hablar en un torrente que va a más, como si tuviera prisa por desahogarse. Dice con una nitidez que asombra que dentro de tres años, que dentro de tres meses, no recordaré esta conversación ni qué pasó el día que la tuvimos, que me quedarán un cabo suelto y un recuerdo perdido y todo irá a mezclarse sin remedio. Porque el presente se olvida: esa es nuestra mayor verdad y vivimos de espaldas a ella, tratando de darle sentido al absurdo. Se olvidan los nombres, los lugares, los detalles, y nos basta con convencernos de que el tiempo pasa y pone a cada uno en su sitio, como si eso fuera un consuelo.

—Si es verdad que el tiempo pone a cada uno en su sitio, ¿es que mi sitio era este? ¿Era esta cama en la que estoy a punto de volverme un muerto? Yo valgo lo que valgo ahora: lo que he valido y he sentido en cada momento, y lo que más rabia me da es que el tiempo no se deje tomar con las manos. Pero te aseguro que a mí me duele hoy la muerte de tu madre igual que el día en que se murió. Con ese dolor convivo. A ese dolor he sobrevivido, si quieres, pero el daño es igual y es agudo; es imborrable. Lo único que ha ocurrido es que me he acostumbrado a él.

—¡No se puede vivir con todas las heridas abiertas! No se puede arrastrar cada día el mismo dolor, con la misma intensidad, porque entonces no superaríamos nada. Entiendo lo que me quieres decir, pero es obvio que el tiempo cura. Y claro que hay que pensar a largo plazo y en las consecuencias.

—Es que yo no te he dicho que no pienses en lo que esté por venir. Te digo que te cuides de la tentación del ya vendrán tiempos mejores y del riesgo de creer que el tiempo dará a tu vida su trascendencia.

—¡Es inevitable! Es un proceso natural.

—Hija, lo del tiempo es una excusa para que no nos caiga la vida encima y evitar levantamientos; para que te compres una casa y un coche y tu trozo de convención. Para que ya luego, al final de los días, veas lo que valió y lo que no. Mira no: no quiero vivir a la espera de que, ahora que me voy a morir, pueda juzgarme desde lejos o desde fuera y decirme si debo mandarme al cielo o al infierno. Ahí sí soy ateo del todo.

Todo eso me dice. Y me dice más:

—Y te digo más: eres esta que eres hoy. Lo demás es nostalgia, y eso no sirve de nada.

—¿No sirve de nada la memoria?

—He dicho la nostalgia.

—No veo la diferencia.

—Pero es que la diferencia eres tú y no te das cuenta, porque crees que la nostalgia es arrimarse a la lumbre del hogar viendo fotos viejas. La nostalgia es esa manera tuya de vivir. Esa satisfacción que transmites cuando te pones a evocar lo feliz que eras cuando estabas en tal sitio o trabajabas en tal empresa haciendo lo que no sabías disfrutar en aquel momento. Es más, haciendo lo que entonces sufrías. En la universidad no hacías más que padecer por los exámenes. Luego, por encontrar trabajo. En el primer trabajo, por si lo hacías bien y, en el segundo, por si podías mejorar en algo que ya hacías bien. Te pasas la vida lamentándote y después, transcurrido un tiempo, recuerdas lo feliz que fuiste en la facultad, en el primer trabajo y en el segundo. Eso es la nostalgia: la mentira en la que vives porque, o te engañas al recordar, o vives equivocada, y no te das cuenta de que no se pueden pedir buenos deseos sobre lo que ya viviste.

Me sale darle la razón porque la tiene pero, como eso sería asumir el fracaso de una vida, me callo y me trago la rabia de que la tenga de una manera tan descarnada como supongo que solo la puede tener un padre.

—Ten memoria y ten recuerdos: eso es tener identidad. Pero no te dejes engañar por la nostalgia —me dice.

—¿Y entonces?

—Entonces, la ironía. Nos queda la escapatoria de no tomarnos demasiado en serio, de asumir que es esto y que no hay más. Nos queda valorar el momento y proponernos metas sensatas, sin competir con nosotros mismos. Militar el presente antes de que las cosas que iban a ser para siempre cambien de repente y se acaben. Nos quedan la distancia y la risa, la dignidad. Y la duda, cada vez que asome el sentido trascendente de la vida. Eso nos queda: esta ligereza que es liberadora.

Entonces, la ironía; que no está lejos del cinismo. Me pide que milite el presente y me da su mano llena de huesos con un temblor que quiere disimular y no puede.

—Me cuesta mucho poder expresarme: me asfixia no saber si soy capaz de poder hacer llegar lo que llevo por dentro, y si no lo saco me pudro. Me va costando más cada vez. Cada vez tengo que pensar más lo que quiero decir y me esfuerzo en ir a buscar de una en una las palabras. No porque me falten, sino porque se me ordenan distinto. Y me siento mal porque me siento raro, con una inquietud ridícula por si estoy haciendo el ridículo.

Todo eso dice mi padre por no decirse que tiene miedo de no saber en qué momento perderá la lucidez, que es lo que le mortifica. Lo que a él le agradaría es que morirse fuera un instante y ya está, un capítulo que se acaba y se funde a negro en vez de este proceso imprevisible de idas y vueltas por el que un día siente bullir la sangre y al otro nota que se muere sin poderlo evitar.

Mi padre está descubriendo el mundo a estas alturas. Ha descubierto el tiempo y el presente, la ironía y un desapego tenue que desembocan en el humor negro. Me pide esquelas, y yo diría que se alegra si conoce a alguno de los difuntos: te gané, parece que quiera decirle, porque el mismo padre que me aconseja que deje de competir ha sido un competidor en cualquier ámbito. Tiene lógica que lo sea también en esto, que es lo de vivir. Bromea con la fortuna que me va a dejar en herencia —esta casa y una cuenta corriente— y me pregunta si veo apropiado que en su funeral haya derecho de admisión para echar a unos cuantos. Me ordena que saque a patadas a los que vayan a decir que conocían al difunto mejor que el difunto o a los que se atrevan a decir allí mismo, en mitad del duelo, que pobre el muerto, pero qué suerte que al menos ha dejado de sufrir, a diferencia de los que quedan con vida. Aclara que eso lo dice en general y no por su amigo Manuel, lo cual confirma que lo está diciendo por su amigo Manuel, que acude a cada velorio quejándose de lo que le duele la espalda o la cabeza, o la espalda y la cabeza, y anunciando que él seguro que será el siguiente en morirse; ritual con el que va saltando de funeral en funeral. A mi padre le desquicia irse a morir antes de que se muera Manuel y, como habla en ironías, no dudo de que lo está diciendo en serio. Por eso sonríe.

Manuel es un caso de difícil descripción. Cuando murió mi madre, se me acercó en el tanatorio para decirme al oído que él podría haber ido de pasajero en ese mismo autobús, que es el que cogía para ir al bingo. Yo le hice ver, desde la prudencia de mis catorce años, que mi madre había muerto a primera hora del día, cuando los bingos están cerrados, pero a él le pareció un detalle accesorio. Levantó los hombros y me dio dos besos. Yo esa frase no la he podido olvidar, porque algunas frases no necesitan ser las mejor escritas para volverse memorables. Basta con que un amigo de tu padre te la diga en un lugar inesperado y, llevado por ese afán, se atreva incluso a ponerla por escrito en el libro de condolencias de tu madre. Ahí está, para que conste: siento tu muerte y yo podía haber ido a bordo de ese autobús. Esa hoja yo la arranqué del libro. Me dije que lo hice para que no la viera mi padre, pero esa no es la verdad: la arranqué para guardarla y que no se perdiera nunca. Con los años se lo conté a mi padre y se ha convertido en una frase ritual que compartimos para burlarnos de alguien que busca protagonismo a deshora: ese iba en el autobús, de camino al bingo, nos decimos.

El afán de Manuel es tan alto por ser el muerto en el entierro que sus amigos decidieron una vez cumplir su sueño. Lograron de alguna manera —sospecho que con sobornos y entradas para algún partido de fútbol— que les prestaran la sala de un tanatorio y un ataúd, y le montaron a Manuel su funeral dejados llevar por el vino. Creyeron que la broma le serviría de escarmiento, pero ocurrió lo impensable: Manuel se estiró en la caja y dirigió desde allí dentro la coreografía de su propia despedida. Pidió un responso y unas palabras con una autoridad tan firme que se les fueron a todos las risas. Dice mi padre que daba impresión verlo así, tan metido en su papel de muerto, con los pómulos blancos y las manos entrelazadas dentro de un ataúd forrado con una tela rosa satén. Dice que la cara de Manuel, tan muerto, estaba entre el placer y el gusto, al punto de que empezaron a hacerle el panegírico y a dolerse en voz alta de que siempre se van los mejores. A mi padre le entró una pena sincera y lamentó sus maledicencias contra Manuel, que se incorporaba a cada tanto si echaba en falta más realismo: más intensidad, dice mi padre que les gritaba como si fuera un entrenador que les riñera por estar sacando mal los córneres. A Manuel le han consentido esos caprichos y otros más increíbles aún porque Manuel les da pena, y él se aprovecha y los lleva a maltraer. Manuel ha disfrutado de mejor vida que ninguno gracias al ya sabes cómo es Manuel y son cosas de Manuel y es mejor no llevarle la contraria, frases con las que ha construido su existencia y que le han permitido ocupar la casa que le cede uno de sus amigos y emplearse en la tienda de otro de ellos. Una vida de prestado, sin familia pero con todo lo demás.

Consagrada a que la gente aprenda a enterrarlo como se merece.

Tanto descansaba en la caja que, aquella noche del tanatorio, llegó a dormirse dentro del ataúd. Sus amigos creyeron que lo suyo sería dejar caer la tapa para que, al despertar, Manuel tuviera la duda de no saber si estaba vivo o por fin se había muerto.

Ese placer le quisieron dar.

En este periodo, mi padre ha descubierto lo que le preocupa su olor, pero eso es más por viejo que por enfermo. Me pregunta si huele a viejo y a enfermo y me pide que abra la puerta y que ventile, que el verano ha traído una canícula que espesa el ambiente. Quiere que le eche colonia, lo que es peor a esta temperatura, pero prefiere rodearse de aromas intensos. Reclama la colonia que había en mi casa, que le parecía dulce y fresca. Pero cómo te voy a echar la colonia de mi exmarido, le digo, y responde que a él eso no le importa, que me aguante o que busque una que huela a joven, convencido de que hay olores por edades. Algunos días le traigo muestras de la perfumería para comprarle la que más le guste y se dedica a decidirse por una o por otra hasta que se sale con la suya y le pongo la que aún tenía de mi exmarido. Es bien raro: que mi padre huela a mi ex, pero a él le vale si así no huele a viejo.

Lo del olor le empezó a preocupar desde el día en que le apareció la primera mancha en las manos, manchas de viejo según las llama. Está orgulloso de verlas y de ser consciente de que son sus manos y sus manchas. Por esos días, le impactó que en uno de sus amigos de la niñez asomasen los primeros síntomas del alzhéimer. Comparó estadísticas para saber qué probabilidades tenía él de enfermar si en su grupo de amigos, que no era muy amplio, uno de ellos padecía ya de desmemoria. Mi padre se ha consolado en esas tretas por las que la vida puede predecirse con una regla de tres, igual que los partidos de fútbol, y averiguas con los números las opciones que tienes de ganar un partido o de sufrir demencia. Vivir a esta edad, afirma, es ir perdiendo las cosas, y yo por lo menos conservo todavía la conciencia. Se le nota al decirlo una seriedad distinta, que confirma que ese será el final de veras: dejar de saber quién es. Eso le abismará y, al pensarlo, saca una agonía que nunca se le ha visto en su cara vacía de gestos. Mi padre abre la boca y la cierra y hace como que vaya a decirme algo, pero no se oye nada. Pongo la radio y de nuevo suena un partido en directo. Le miro en el móvil qué equipo tiene más opciones de salir ganando.

Echamos el rato callados.

Con mi padre he evitado las peleas, aunque lo pone difícil. Supongo que yo tampoco lo pongo fácil, pero si quiero aprender a quitarme las culpas habré de aprender a echárselas a los demás. Usa el morirse como un argumento y a mí, que en principio no me muero, me costaba discutírselo en los primeros días. Cómo le vas a negar lo que sea si se muere. Pero al cuarto o al quinto día de que todo fuera sí porque sí le empecé a plantar cara, porque morirse no te puede dar la razón en todo. Se puso a decirme que no me dejaba lavarlo ni arreglarlo, que había gente que se dedicaba a eso y que prefería a un desconocido. Desde luego no quería que fuera yo quien le cambiara el pañal que ya utiliza. A mí, que he pasado con él tantas horas, me parece una estupidez.

—Es por dignidad.

—¿Qué hay de indigno en que te cuide?

—No quiero que seas tú. Contigo quiero los momentos buenos.

—Es que esos también lo son. Soy tu hija.

—Pues no quiero que seas tú la que lo hagas.

—No hay nada de indigno en estar enfermo.

—Ni en morirse.

—Ni en morirse, exacto. Morirse es lo más natural. Y cuidarte es otra manera de estar juntos. No me apartes de eso.

Eso fue al principio, la misma tarde del diagnóstico y los gin-tonics, cuando tuvo una nitidez premonitoria. No consintió que yo le aseara, y yo se lo permití porque no sé si yo en su lugar habría querido que él me viese sucia y por cambiar, desnuda y, más que eso, desvalida. En esos ratos, pide que no hable nadie y que le suban el volumen a la radio. Quién le iba a decir que cuando ya casi nada le importara le fuera a importar el pudor. O la vergüenza.

Busqué a alguien para que lo cambiara, lo cuidara y viniera a cubrir mis ausencias. Fue una prueba de selección rápida: experiencia, disponibilidad y sueldo, en este orden. Encajó en el perfil un chico poco hablador. Fue la primera opción y fue la buena. Él se ocupa de hacer lo que mi padre no quiere que yo vea. Supongo que mi padre quiere seguir cuidando de mí mientras yo crea que estoy cuidando de él. A mí lo que me pide es que me ocupe de lo demás. Me pide que le acerque la mesa a la cama, que lo incorpore, que le ponga un vaso del vino que le han dicho que no puede beber y que yo me sirva también, que almuerce con él y que le cuente lo que hice ayer en las horas en las que fui a trabajar, que le diga los sitios donde he pensado en llevarle. Que le traiga gente, que averigüe cómo está el amigo con alzhéimer y si llegamos a tiempo de hacerle entender que tiene un amigo que se muere. Que le sea sincera y le diga sin rodeos si se le va la cabeza y habla sin sentido. Eso es lo que más me pide, que le diga la verdad porque mi padre intuye que yo, al llegar el momento, le mentiré y le negaré lo evidente. Mi padre me conoce bien y sabe que no me resisto a la mentira porque a menudo la mentira es la única que te permite dormir tranquila.

Me pide que lo baje al mar. Que le diga al notario que lo que haya es para mí. Que ponga la radio y le comente la política y le explique de dónde viene la crispación. Que estire el tiempo y le distraiga la mente. Que no hagamos nada. La vida, en fin. Algún rato le sorprendo mirándome como si fuera la primera vez que me mira, o la última. Luego, si ve que va a ponerse muy solemne, insiste en saber qué le voy a leer en su entierro, y yo le digo que pondré música, que la que más me gusta de Los Chichos es la de me quedo contigo y él protesta porque dice que es la facilona. Me cuenta las historias que oyó en la radio durante la madrugada, que se la pasa en vela, y se divierte cuando llama la gente para contar lo que sea. Anoche, un hombre confesó una infidelidad en voz baja para que no oyeran en casa lo que él le andaba contando a la audiencia. A mitad de su confesión se cortó la llamada, y nunca se sabrá si fue porque lo descubrieron o porque se arrepintió. El insomnio se le hace más corto pegado a la interferencia de ese transistor que le recuerda las noches largas del tren, en las que aquellas voces de fondo eran las únicas que no le dejaban a solas.

Mi padre no quiere que esta sea la habitación de un muerto, ni que parezca la de una residencia o la de un hospital, que para eso hubiera escogido el ingreso. Si mandan flores, gruñe. Si llaman para ver si ha descansado, gruñe. Si la forma de dar los buenos días se le parece a los buenos días que se les da a los enfermos y a los desahuciados, gruñe. El resto de las veces está de buen humor. No quiere que le hable del médico ni le pregunte por las medicinas, que me inquiete por si va a peor, como si no hablarlo lo conjurase. Lo que quiere mi padre es probar si todavía nota el sabor del tomate y de la naranja y del chocolate y sorber el culo del vaso y mojar el pan aún caliente con un poco de aceite del caro. Un momento de cerrar los ojos, quiere, y de poder decirse: todavía. Quiere llevar la contraria a sus amigos, en especial a Manuel, y aprovecharse de que le vean así, indefenso, para sacarles ventaja y que le digan que él fue siempre el más atractivo, el que se las ligaba a todas. Le complacen porque son débiles y porque todavía no se ha perdido la humanidad, que cuando menos sincero es mi padre es cuando nos pide que lo seamos con él.

Con sus amigos se habla a los gritos. Dicen que es por la edad, pero yo recuerdo de siempre la misma escandalera. Mi padre me pide a voces que los eche y los otros se parten de risa y brindan sin parar con el fulgor de una fiebre adolescente. Ha tenido que estar muriéndose para saberse en esta euforia. Él me habla del tiempo otra vez y vuelve a mirarme con esos ojos que no han sabido nunca mirarme tristes para decirme que todo estaba bien, que iría bien. Ahora que no va bien se desvelan por seguírmelo diciendo y al final, con un empeño que le ha costado decenios, logrará que esos ojos digan lo que él pretende: que está aprovechando el tiempo.

Mi padre me ha pedido que, por mucho que el mundo se le desplome, en esa habitación sea siempre verano, y yo quiero darle un verano invencible.

A veces soy yo la que sale al balcón a respirar y me fijo en la gente igual que hacía él cuando llevaba los trenes. La gente, que son siempre los demás, va de un lado a otro, obstinada en vivir, y ahora vienen y van a la playa o a la piscina o a casa o al mercado, y a mí ese trajín me turba porque mi mundo se desbarata y a nadie le importa. Los bañistas se bañan y los turistas se sacan fotos que falsean con filtros para que el mar les parezca más azul y el cielo más intenso, porque no les basta con el azul del cielo y del mar que ellos mismos han venido a buscar. Los camareros sirven platos y copas y los niños montan castillos de arena. Sin que yo sea egoísta, la gente vive hacia mí con una indiferencia de mal gusto.

Lo que más me extraña de todo lo que nos pasa es que nos vaya a pasar en verano, porque mi padre ha sido siempre el verano. Mi padre son los paseos por la orilla y los baños de niña. Cómo se va a morir él con este tiempo si el verano es él y es mi infancia. Son las dos cosas y las tardes en casa, cuando estaba recién comprada y aún por decorar y dejábamos caer los trastos y echábamos una carrera hasta el agua. Eso es mi padre, y parece que le esté viendo aún: preparando las pocas vacaciones que hicimos en coche, fingiendo que me preguntaba por la música que quería poner en la radio para acabar poniendo sus cintas de Los Chichos y el *Carrusel* y lo de cada viaje. A mí me daba igual porque a mí se me iba la vista por la ventanilla y creaba mi mundo lo mismo que mi padre lo creaba en sus lecturas. Eso también era el verano, eso sobre todo: verlo alargar las madrugadas con un libro y su lápiz en ristre, tirado en la butaca de leer con las puertas abiertas y la brisa aireando los rincones. Él paladeaba las horas de una en una hasta que, de pronto, su cara de nada se iluminaba con muecas si se acababa un libro que le hubiera gustado y, al cerrarlo por última vez, lo apretaba como se aprietan los objetos que no te da la gana soltar. Nos miraba a mi madre y a mí con la gloria de los pequeños hitos y se lamentaba de que no pudiéramos sentir con él ese instante tan sencillo, esa satisfacción. Eso era saberse lleno: tan poca cosa.

Mi padre era ese entusiasta de lo intrascendente. Lo es aún, pero me sale pensarlo en pasado y me aterra y no lo entiendo porque es imposible que se vaya a morir en su estación favorita del año, en la que abarrotaba la casa con vino y viandas para que los amigos empezaran las sobremesas al mediodía y las remataran de noche en la puerta de la calle, donde montaban tertulias sobre las vidas de los demás. Allí se fabulaba a discreción con árboles genealógicos imposibles a cuenta del hijo del primo del vecino al que tú, por fuerza, tenías que conocer y que ahora era noticia por la razón más exótica: porque había vuelto al pueblo, porque se había separado o porque le había salido un hijo secreto. Aquello eran el foro y el ágora, una manera atávica de aprender historia mientras los mayores narraban el hambre o la llegada de la primera televisión y del primer teléfono o en qué momento descubrieron que el sexo podía acompañarse del placer. Las anécdotas de las noches de bodas eran las más celebradas e incluso había quien desvelaba que pasó las suyas junto a la cama de sus suegros, sin poder catar más que la cena. Se contaban las grandes verdades entre caras de asombro y carcajadas que se colaban por aquellos patios adornados de plantas, de donde aparecía a menudo un vecino para ofrecer unas rajas de sandía fresca o un plato de higos que dejaban los dedos pegajosos de azúcar. Allí, al relente, estaba el centro del mundo y el fondo de la infancia, en ese corro que desperdigaba a la gente entre sillas de enea y bordillos de asfalto y de adoquín que aún devolvían el recuerdo de un calor que había llenado de fuego las paredes. En la calle se enseñaba el ritual del respeto a los mayores y el de dar las buenas noches a cualquiera que pasara, a la intemperie y contando salamanquesas cerca de las farolas, apurando el instante en que yo acabaría en brazos de mi padre para ir resbalando en el sueño mientras oía retumbar su voz grave en sus costillas. Porque mi padre era, a mis ojos, lo que había justo en el centro de ese centro del mundo en aquella época en que los días no se acababan nunca.

Cómo se va a morir él en verano.

A esa habitación de la casa, la más amplia y la más luminosa, la que da a la calle con su balcón y su espejo, yo le he traído un verano de tardes alargadas con los ecos de aquellas noches en vela. Le he subido los helados que se compraba cuando me los compraba a mí y le he contado cómo estaba la plaza y cómo estaba la playa y lo que me han preguntado por él en la calle. Que se mejore tu padre, me dicen. Y les doy las gracias, porque no les vas a decir lo que le ha dicho el médico. Hay falsedades que no es que lo sean con intención: lo son por supervivencia. Sonrío para disimular y porque, si sonríes, te quitas a la gente de encima.

A su habitación le he llevado lo que más le alegra, que son sus amigos. Le traigo a los que puedo y los hago subir y se le sientan al lado y en cuanto salgo se oyen las voces y las risas y pienso que así, sin moverlo, le alivian los males. Él diría que eso es mucho decir y que es conformismo, pero no se atreve a decirlo. Los amigos, todos hombres, reparten las cartas y echan sus partidas, que duran dos horas o tres y le dan valor al tiempo y lo detienen.

A esa habitación, la mejor de la casa, le he llevado a personas que hacía mucho que no veía, aunque le he pedido permiso antes de cada visita para asegurarme de que no malgastara un minuto. Un día eché a un tipo que venía a ofrecer un seguro de vida y un plan de pensiones y a otro que vino a recordar que de las cenizas de los difuntos se elaboraban broches y collares por módicos precios. Soy la cómplice de todas sus bromas y, en especial, de su favorita: hacer esperar al invitado en la puerta y salir del cuarto cariacontecida, dando a entender que ya se ha muerto. Dime qué es lo primero que dicen, me pide: este ha dicho no me digas, este ha dicho qué cabrón y cómo se le ocurre morirse ahora, este ha dicho que cómo es posible y este me ha preguntado de qué me reía tanto, si era por la herencia. El día que vino Manuel y le tendí la trampa, a Manuel se le ocurrió contestarme: lo siento, de verdad que pensaba que yo estaba más enfermo que él. A Manuel le afectó haberse equivocado en sus cuentas y sospecho que empezaba a temer que no fuera a morirse nunca.

Mi padre tiene una idea sagrada de la cuadrilla y de la amistad, que es para él un compromiso muy por encima de la lealtad a un equipo de fútbol. Quien cambia de amigos o de equipo podrá traicionar a cualquiera, suele decir. Lo suele decir después de criticar con ganas a Manuel. De niña me insistía mucho en que formara mi pandilla porque a él siempre le funcionó: sus amigos de hoy son los que tuvo de niño y han sabido mantener la piña por mucho que discutieran y que pasaran los años. Su grupo conserva un ritual que solo han roto por la vejez, por la muerte o por algo más grave como una final de Copa o un partido que decidiese una liga: cenan juntos en el mismo bar los primeros viernes de mes, y el que falte está obligado a pagar la siguiente cena. Diría que mi padre cree que nunca he sido feliz del todo porque nunca he tenido amistades como las suyas, pero esa es una manera injusta de medirme, según las personas que me rodeen. Le replico que cada caso es distinto y que ocurre muy pocas veces que los compañeros de la escuela se conviertan en los amigos de una vida, pero él me viene a decir sin decírmelo que es un defecto mío no labrarme amistades que duren para siempre. Antes me revolvía, pero ya no. Espero que llegue el día, aunque sea el último que le quede, en que comprenda que no todas tenemos esa suerte de nacimiento, que confiar demasiado nos ha traído decepciones incluso en la infancia y que, al final, resulta más difícil encontrar un buen amigo que una buena pareja, que con el amigo ni siquiera te queda el desahogo del sexo. Dice que lo comprende, que sabe él que la vida no es la misma para todos, pero le duele pensar que me faltan amigos de los que se atreven a soltarte lo que no quieres escuchar justo como hace él conmigo cada vez, como esta, en que estoy por llevarle la contraria.

El primer viernes de mes que pilló a mi padre sin fuerzas para salir de la cama, la cuadrilla se presentó con cajas repletas de comida y de botellas de vino. Había suficientes para montar una verbena. Le advertí de que no debía comer mucho ni mucho menos beber, pero, por no ver que me ignoraba, me fui a la calle. A mi vuelta, le encontré solo en el balcón, negando con la cabeza. Los indicios apuntan a que, llegado un punto de la velada, algunos de los asistentes al festín se habían puesto a lanzar huevos contra los cristales de la vecina, que resultaba ser la exmujer de uno de ellos. La mujer en cuestión y su actual pareja corrieron a asomarse y mi padre salió a prometerles que habían sido unos chiquillos que habían echado a correr como vándalos, que él los había visto y que ya no se podía estar tranquilo ni en tu propia casa. Entretanto, en la habitación, la cuadrilla andaba por los suelos, escondida a carcajadas, rebañando el poco vino que les quedaba. Algunos se contenían en la puerta del baño aguardando su turno, señal de que tanto alcohol suponía un desafío para sus próstatas. Hubo uno al que, de tan perjudicado, tuve que acostar en la misma cama que mi padre.

Otro día volvieron a discutir sobre su tema inagotable, que es si la vida de antes era mejor que la de ahora. Tienen claro que sí que lo era y niegan que lo fuera por el hecho de que antes ellos fueran unos niños y no los viejos que son. Lo era, según su tesis, por las cosas que entonces les faltaban. Es un mecanismo extraño de razonamiento, pero se dominan bien en él: cuentan todo lo que tenían a partir de lo que les faltaba. No había juguetes, pero aprovechaban lo que tuvieran para inventarlos. No había televisión, pero había juegos. No había motos, pero estaban las bicicletas. Las carencias de su niñez los abocaban a una infancia que recrean con tal felicidad que parece mentira que, a la que pudieran, empezasen a comprar televisiones y pelotas y juguetes para sus nietos, aunque dicen que sus nietos tampoco saben usarlos. Sus nietos no han jugado en la calle de verdad, como hacían ellos marcando las porterías con palos y hoyos en la calzada y abriéndose las rodillas en las aceras. Se quejan de que, si la cosa sigue así, acabarán echando a perder el fútbol, que fue un deporte canchero y de arrabal y que ya solo se aprende, toque tras toque, en esas academias tan caras donde no enseñan la picardía que te daba hinchar de patadas al rival hasta que se llevaba el balón cuando se hartaba. Aquel día les dio por ponerse a recordar regates y filigranas y uno llegó a presumir de que engañaba a los porteros en los penaltis mucho antes de que se le ocurriese a Panenka. La cosa terminó en un reto, como era lógico, por ver si aguantarían un partidillo, y quedaron en regresar al día siguiente con ropa más propia. Debió de picarles donde más debe de picar a los hombres, que es el orgullo, porque volvieron luciendo pantorrilla con sus pantalones cortos, cada uno de una talla y de un color, dispuestos a declararle la guerra al fútbol moderno. Una marca en la calle definía el área, aunque era imposible distinguirla. Las aceras eran las bandas, pero el juego seguía si la pared devolvía el balón. Había solo una portería, que era la puerta de una cochera, así que los dos equipos probaban una y otra vez contra el portero, que era también el mismo y que cada vez que encajaba un gol por arriba se quejaba de que eso era alta, que él ahí no llegaba. Corrió la voz por el pueblo, porque son difíciles de ver sucesos así en las calles, y se formó una especie de pequeño estadio con aficionados apostados en los márgenes y en las ventanas y con mi padre en el palco, que resultó ser el balcón de mi casa. Un chaval se ofreció de árbitro y le tocó hacer de camillero porque hubo varias lesiones leves. Hubo también caídas acrobáticas, pero los seguidores aplaudieron entregados hasta el momento en que se presentaron dos agentes de la Policía municipal a preguntar de qué era la manifestación y por qué aquellos señores iban vestidos así, si es que formaban alguna comparsa. Disolvieron la fiesta por la fuerza, con la excusa de que no podíamos cortar el tráfico sin permiso, y los jugadores lo agradecieron por mucho que lo negaran. Se retiraron casi sin aliento, convencidos de que habían demostrado pasadas sus setentenas que su fútbol era mejor que el de los nuevos estadios. Porque ese partido no estarán dispuestos a perderlo nunca: el de darse a sí mismos la razón.

Sé que irá a más la enfermedad de mi padre. La mayor parte de las veces en que no estoy pensando en nada en verdad estoy pensando en cómo se va a morir y en que no sufra. Pero además de eso, que es lo evidente, están las otras cosas: que son semanas bonitas. Cuesta escribirlo, porque se muere. Pero hay en la casa una alegría primitiva, que no es frívola ni forzada. Es natural. A mí la muerte de mi padre, y el tiempo que él resista, me aviva y me hace pensar en la vida que vale la pena vivir. Dice mi padre que tiene el privilegio de poder despedirse, de haber evitado el derrepente. Dice también que tiene el privilegio de preservar la lucidez. De ser consciente. Dice que se siente liviano porque ya nada le importa demasiado y a mí en cambio me parece justo al revés: que todo le importa mucho de pronto, o que ha detectado qué es lo que más le importa. Tener eso es tener mucho. Tener eso es tener mucho, me vuelve a decir, porque algunas frases mi padre las ha empezado a repetir. Cuando me quiero engañar, me digo que lo hace para reafirmarse. Cuando él se da cuenta, se pone blanco y no se engaña. Me pide que le lea *El hombre rebelde* para comprobar si aún se acuerda y para que lo escuche con él, porque mi padre ha sido feliz leyendo a Camus y dándoselo a leer a los demás: «¿Qué es un hombre rebelde? Un hombre que dice que no. Pero si niega, no renuncia». Él sostiene que es más consciente de aquello a lo que ha renunciado que de aquello que decidió, y que se siente orgulloso de la mayoría de sus renuncias.

—Y ahora, ¿qué soy yo, aquí postrado? Un hombre resignado.

—No creo que sea justo, contigo ni con nadie, que ahora te reduzcas a esto. Sé consecuente. Si la vida valía en el momento en que la vivías, el resultado de eso no puede parecerte tan poco. Sé justo.

Para evitar darme la razón, mi padre apela a su mejor recurso, que es quedarse callado sin hacer nada. Luego, dispara con fuego de artillería:

—Y tú, hija, ¿vives la vida que quieres vivir?

Algunas preguntas son difíciles de responder. Más si te las hace un padre.

No lo sé, papá. La mayor parte de las veces no lo pienso y si lo pienso alguna vez creo que, en general, me dejo llevar. Que improvisé algunas decisiones que lo definieron todo, pero que no he reparado en las demás, y que es seguro que las más valientes no las haya tomado nunca, lo que implica que la vida que quiero vivir es una vida timorata, sin mucho ni poco. Nada me ha sido demasiado grande ni virtuoso ni fuera de lo corriente, como si no quisiera ofender a nadie, y en realidad tengo como un triunfo que nadie se haya enfadado conmigo de verdad o me haya odiado. Ni siquiera mi exmarido. Me lamento de tanta candidez. Si todas las personas fueran como yo, nadie haría nunca una revolución. Así me veo. Tú lo sabes, porque a ti apenas he sabido decirte que no. He llevado una vida temerosa de decepcionarte, pero eso no te lo he dicho nunca porque no quiero que te sientas mal y porque me figuro que eso no me pasa a mí sola: que no queremos fracasarles a los otros. En mi caso, a ti. Yo he querido ser la hija que te colmaba, porque otra no tenías. He tenido y tengo la vida que se supone que debía tener, lo que no quita que a cada tanto me sienta frustrada, porque te tengo a ti y tengo a más gente, pero no he formado, por ejemplo, una familia, que es lo que creo que yo esperaba de mí porque siempre pensé que lo esperabas tú. Al morir mamá, cuando ya me veía así de plana y sin relieves, un profesor me prometió que toda vida tenía por lo menos un momento fascinante y que a mí me llegaría el mío, al menos uno. Aprendí que los profesores también mienten. Yo de mi vida, tan desprovista de sorpresas, no veo nada fuera de lo común. Veo el promedio, lo que se podría imaginar: una mansedumbre que dicen que te guiará al éxito y por la que estudié Derecho y busqué trabajo y encontré marido y compré una casa y fui tirando hasta llegar a esta tarde en que, de pronto, me has preguntado si vivo la vida que quiero vivir y que merezca la pena, sin que te haya importado que preguntas así no se hacen en serio o no se hacen estando sobrios.

De verdad que no lo sé, papá, porque para vivir en paz hay que huir de algunas preguntas. No soy del todo feliz ni del todo infeliz por mucho que sea cierto que la nostalgia me ayuda y por mucho que tuvieras razón también en eso, en que me juzgo mejor cuando pasan los años y aprecio entonces el recuerdo de lo que no supe apreciar en su momento. No estoy segura de que eso sea un error. Igual es mi carácter y aciertan los que creen que me estanqué en el término medio, que es vivir en la nada o algo peor. Así estoy: levantando los hombros para no decirte ni sí ni no, porque la respuesta a tu pregunta es que yo no estoy viviendo en ningún lugar concreto. Frustrada por lo que no tengo sin saber ver lo que tenía. Disfrutando lo que puedo, riendo lo que me dejan. Y aprendiendo a estar sola aunque no sé y aunque me enseñes a estar callada y a no hacer nada porque sé que notas que no sé.

A veces arrastro una náusea, igual que en la novela, que sube desde las tripas y deja un sabor amargo y mal cuerpo, pero no vomito nunca.

Hubo un tiempo en que lo pasé mal y había más náusea que otra cosa. Me lo callé porque al precio de que yo me sintiera mejor, o menos sola o menos mal, te iba a hacer sentir peor a ti, que hablas de la plenitud de una forma por la que nunca entenderías que yo pudiera estar así de vacía. Y no era por ti. No era por nadie. Ocurrió no hace mucho y traté de que no te dieras cuenta, pero qué sé yo. Me sentí más triste y desganada. Me lo negué y luego lo soporté. Me lo callé incluso contigo, que no dices nada nunca con esa cara tuya de saber escuchar sin juzgar, porque ni siquiera tú podrías haber contenido las dudas a las que yo me enfrentaba y que no tenían respuesta: ni el qué te pasa ni el qué va mal ni por supuesto qué es lo que falla si tienes todo lo que querías. A veces, papá, la vida se vuelve un pozo y te haces a él. A veces es el trabajo o la rutina en la ciudad. A veces es la náusea y ojalá sirviera la ironía. No sirve. Eso fue lo que te tapé con sonrisas fingidas, y lo que me hizo sentir peor por guardarte el secreto más difícil: que se me fueron las ganas. Te lo callé por miedo a que no me entendieras o por no sentirme incomprendida además de todo lo que ya me sentía, que eran todas las cosas a la vez. Pero salí, papá. Salí yo sola. Salí a este estado de ahora, que es un letargo, y ni tan mal. Ahora, que aspiro a tan poco, me vale lo más difícil, que es levantarme con ganas cada mañana. Es tanto eso tan simple que a mí se me hace una gesta. Ahora no me es útil siquiera ni ese presentismo tuyo con el que sobrevaloras el tiempo, si el tiempo pasa y ya está. Ahora noto que encajo como uno de esos personajes secundarios de novela que nunca sueltan frases de las que tú subrayarías, pero que hacen falta para amenizar la trama. Eso te diría, papá, en respuesta a tu pregunta. Y, sin embargo, no te lo voy a decir tampoco ahora. Sobre todo ahora. Eso me lo he escrito aparte, porque he empezado a tomar notas desde la tarde en que me dijiste que querías que hablara en tu funeral, y a mí me entró el vértigo por si te decepciono incluso en el discurso que no podrás escuchar, porque a veces me siento en un examen y no sé si me aprobarás. Yo levanto los hombros y ya está, que es una actitud y una manera de estar en el mundo.

—Quiero que hables en mi funeral —me pide—. Y también quiero que me digas más lo que me vas a extrañar, por si más adelante ya no te entiendo.

Le sonrío y me dice que tengo su sonrisa, y yo pienso que ojalá.

Anoto ideas en sus silencios.

Vivir sin remordimientos: solo eso. Vivir conforme, pero sin resignación.

Solo eso: vivir sin culpa. Quedarse en esa suerte de ignorancia ligera y feliz, que a lo mejor es nihilismo, qué sé yo. Peor sería saberlo.

Intento vaciar la mente y se aparece el oso que recorre los caños de la casa y me acuerdo de mi padre contándome el cuento, que era el que más le pedía. Los recuerdos que él espanta son los que me vienen a mí y me dejan una sonrisa tonta. Me acuerdo de los días de vacaciones en la escuela, en los que él me llevaba a alguno de sus viajes en tren y me dejaba creer que estaba a los mandos de la locomotora y yo podía saludar a la estación central por la emisora y ayudarle a poner en marcha el tren justo a su hora, ni antes ni después de lo previsto. Para mi padre, la puntualidad es el rasgo fundamental que distingue si una compañía de trenes o una persona son de fiar. Aquella liturgia él la seguía con un protocolo escrupuloso, casi como una manía: miraba el reloj, cerraba las puertas, comprobaba las vías y esperaba al toque de silbato y a la señal del jefe de estación, que entonces lo había, uniformado con su traje azul y su gorra con un ribete rojo. Mi padre se murió por primera vez el día en que jubilaron al último jefe de estación. Me vuelve la sonrisa floja solo por el recuerdo de mi padre en el momento exacto en que ponía la mano sobre la palanca y me decía vamos allá y entonces el tren, después de un soplido, echaba a andar muy poco a poco, con una suavidad que parecía mecer a los pasajeros. Me preparaba una litera y me presentaba a la tripulación y mandaba que me despertasen justo cuando fuéramos a llegar al destino. Mi padre tenía el mundo en sus manos y yo no podía admirarlo más: yo era la hija del maquinista.

Me acuerdo de otra noche en que yo no tenía ganas de nada y ese mismo hombre, que era mi padre, estaba solo a un empujón de derrumbarse. Era una mala noche y mi padre quiso cambiarle el signo: me hinchó las ruedas de la bicicleta y salimos a la oscuridad a pedalear. Yo era algo mayor para ir acompañada de mi padre y en cualquier otra circunstancia me hubiera negado por vergüenza, pero rechazarlo me convertía en una ingrata y hay días en los que no te apetece serlo. Te haces mayor con esas cosas: con el primer no que te tragas. Preparamos nuestras bicicletas y echamos a rodar un par de horas, hasta que llegamos a la orilla y me tuvo de la mano viendo la noche y el mar sin que él me hablara ni yo a él. Pasado un rato le salió un verso del poeta y lloró un poco, pero se secó con la mano una mejilla, luego la otra, y volvió a la rutina de su entereza y a su cara de nada. Al fin, se puso a señalar las constelaciones y a nombrarlas y a contarme alguna historia que ahora no recuerdo porque yo de aquello solo recuerdo el momento, que eso era lo que él pretendía: este apóstol del presentismo pasó mi adolescencia tratando de fabricarme recuerdos como aquel para que, si alguna vez lo daba todo por perdido, tuviera algo a lo que agarrarme. Así logró que yo conserve esa imagen tan nítida décadas después: para mí y para siempre, el día en que enterramos a mi madre será también el día en que mi padre me hizo ver la diferencia entre la Osa Mayor y la Osa Menor.

Mi padre habla mucho de los pies y se ha obcccado en que no puede decir si los tiene fríos o calientes, porque no es que los haya dejado de sentir pero siente que a veces los pies se le desconectan del cuerpo.

—No sé expresar muy bien lo que me pasa: las piernas y los brazos funcionan y de golpe se apagan. Y cuando creo que los médicos no me van a creer porque esto que me pasa no tiene ni pies ni cabeza, son los médicos los que definen exactamente lo que me pasa.

Mi padre sufre una enfermedad rara y terminal que le provocó primero los fallos en la movilidad de las piernas y después en las manos, y los vasos y los platos se le empezaron a caer sin que él entendiera por qué, que eso ha sido lo peor: aceptar que tendría reacciones que no entendería y sobre las que ha perdido el dominio. No sé de quién es este cuerpo que era mío, dice. Lo dice sin lamentos: solo lo describe como si diera el parte al seguro y preguntase si le entra en la póliza. Antes de que la vajilla acabara descascarillada, lo intentaba justificar con qué torpe estoy o me he despistado, y así llegó al día en que, sin la mitad de los platos y de los vasos, no tuvo más remedio que aceptar que algo le pasaba. Fue peor cuando se dio cuenta de que no podría hacer lo que más le entretenía las mañanas, que era darse un paseo. Le fastidia porque dice que cuando camina le vienen las mejores ideas, que nunca sirven de nada y que olvida al poco, aunque eso no quita que sean las mejores. En el paseo disfruta del fresco y de la humedad si es temprano y se detiene tocando el agua helada de las acequias si es que bajan llenas. Se fija en los frutales y comprueba si el calor adelantado los hace florecer antes de hora, y se dedica en silencio a la contemplación mientras se reclina en alguno de los canales de riego. Mirar, solo eso. Contemplar sin hacer nada. Y esa tarea sagrada, que es el retiro anhelado por el que trabajó tantas noches a lo largo de tantos años, se la han arrebatado los médicos por un análisis de sangre. No es que se la hayan quitado del todo, porque le dejan pasear si va con alguien, pero eso para él es tanto como impedírselo, porque los ratos de mirar el paisaje los toma como los postres de chocolate, que no los comparte nunca. Mi padre se ha convertido en una persona dependiente y lo que más le cuesta es asumirlo. Él dice que es por orgullo. Yo creo que es por miedo. Prefiere quedarse en casa y lamentarse que salir bajo la custodia de alguien, como lo llama, y prefiere sobre todo que no le vean apoyarse en un bastón o tambalearse y caerse.

Él sabe que la enfermedad que lo va a matar acabará por llegar al cerebro con el mismo efecto y hará que su lucidez sea intermitente: que esté y, de pronto, se esfume, y hay una diferencia notable, una diferencia crucial, entre que se te caigan los platos porque no sabes lo que haces y que se te caigan las palabras porque no sabes lo que dices. Esa diferencia lo es todo. De momento, conserva los reflejos necesarios para llegar a ver su deterioro y darse cuenta de que sus músculos se han vuelto inestables y de que por la tarde quizá no pueda

hacer los movimientos que había hecho a primera hora: incorporarse, levantarse, acostarse, arro-
parse, subirse los calcetines para que le lleguen casi
a la rodilla, coger una cuchara y llevársela a la boca, ir al baño, escribir en el móvil. Valerse por sí
mismo.

El chico que le cuida le da conversación mientras le levanta un brazo que pesa como el brazo de
un muerto y le pasa la esponja con la delicadeza
con la que se trata a un bebé. Todo en mi padre
empieza a pesar como a los muertos y empieza a
precisar de los cuidados de los recién nacidos. Se
mantiene en silencio cuando, al acabar, el chico
le pone una crema cuyos efectos mi padre nota de
forma aleatoria, casi por azar: aquí lo noto, aquí
también, aquí no, aquí nada. El chico, en cuyas
manos parece que flote, le hace seguir unos ejercicios que a mi padre le enfadan porque sabe que
no le sirven. A lo más, acaban por demostrarle
que es cada vez menos capaz. O más incapaz, según dice él, molesto con que a los enfermos se los
rodee de eufemismos y atenuaciones con los que
parece que pudieran curarse antes. O curarse. El
chico, que se llama Javier y que tiene una paciencia que pone de los nervios, mima a mi padre

como si fuera el suyo y le tolera todas las imper-
tinencias llevado por una habilidad que a mí me
falta: distingue que, aunque se las diga a él, no van
con él. Mi padre le afea que lo está haciendo mal,
que no sabe hacer su trabajo, que le duele y que
es por su culpa. Javier tiene veinte años y un aplo-
mo propio de los cuarenta. Sonríe sin malicia, lo
que en cualquier otro contexto sería hasta una
falta de educación. Suele ponerle la radio y le
comenta a mi padre lo que suena para ganarse al
menos su confianza. A ese entrenador deberían
cambiarlo, le dice, y se lo lleva a otro tema con la
facilidad de un trilero. Consigue que mi padre le
siga la corriente y que parezca que eso no tenga
mérito.

—Es curioso —le dice mi padre—. Te acabo
de conocer y quizá seas el último del que me acuerde. Desde luego, el último que me tendrá desnudo en sus manos. No te ofendas, pero me lo había
imaginado de otra manera.

Javier es callado y afable. A mi padre le recuerda a él cuando era joven de la misma extraña
manera en que Javier se ve como mi padre cuando
sea un viejo. Tiene claro que trabaja para un clien-
te, no para un enfermo ni para un anciano, ni

pelea tampoco por rescatarle unos recuerdos que no quiere evocar por miedo a que sean un poco falsos o falsos del todo. Le trata como a un hombre adulto y en sus facultades plenas, sin conmiseración y sin pena, que es lo que mi padre más odia y que, en verdad, no es tan fácil porque es lo que te sale, porque de pronto el hombre que lo pudo todo está al borde de perder su identidad. Es difícil imaginar una fragilidad mayor. Por eso no quiere que yo lo asee, que yo lo cambie, que yo lo vea, porque no podría consentir mi lástima. Me echa y me tiene tras la puerta esperando a que acabe Javier, que llegó como un extraño y ya comparte con mi padre una familiaridad que a mí me veta. Me vuelven los celos y vuelvo a sentirme mal por tenerlos, pero me consuelo en que al menos soy capaz de asumir que los tengo. A mí me toca deducir por los silencios si mi padre está de peor humor, me toca tratar de averiguar si le habla a la radio o al techo o a Javier o se habla solo. En esa distancia, habré de preguntarme si se ha tomado la pastilla de la mañana, de la media mañana, del almuerzo, de la media tarde o de la noche, según la hora que sea, y si ha maldecido en cada toma tanta pastilla que él dice, porque lo sabe, que no le van a curar. Él teme, por el contrario, que la medicación le vaya a hacer perder antes esa lucidez suya de ahora por la que se lamenta si se da cuenta de que ha gruñido de más, de que lo que le pasa a él no es por causa de ninguno, o por la que me hace sentar a su lado para decirme que él no ha vivido para acabar de esa manera. Aunque yo no quiera oírle, le voy a tener que escuchar y mirarle a esos ojos que fueron los que me enseñaron el mundo para entender que el de mi padre se acabó. Por eso me pide que comprenda que no puede esperar más burocracias, porque los papeles van más lentos que la enfermedad y él no soportará verse decrépito y postrado y menos aún que lo vea yo, que tiene la oportunidad de poderlo evitar y que esta, que debería ser la decisión más costosa, le ha resultado sin embargo muy sencilla. Antes de que la pierda, mi padre habla con una claridad reveladora, sin que ninguna palabra se atropelle con otra. Y tú que me ves, me dice, me tienes que entender. Lo hago, pero en vez de decirle que claro que le entiendo, que un hombre que ha amado así la vida no puede despedirse de ella de mala manera, le respondo que no piense en eso, como si le estuviera hablando de un dolor pasajero. Le miento y le respondo que nos quedan todavía mañanas y tardes y que no se deje robar el tiempo que le quede. Sé valiente, me sale decirle, pero no me atrevo a tanto. No sé si nada de esto que nos pasa tiene que ver con el valor.

Cada vez que mi padre me arrastra a la conversación que le rehúyo le respondo como la trilera que Javier me enseña a ser: una malabarista en el circo tratando de evitar que me diga lo que no quiero que me diga. Él me nota en el centro de la pista, cruzando pelotas en el aire. Por eso sigue.

—Lo que todavía me queda es esta capacidad de decidir. Y sé que eso, por mucho que te duela, no me lo vas a quitar. A mí no me vale esa derrota que consiste en dejar pasar malos ratos porque se compensan con otros mejores. Yo ya no tengo margen ni ganas para ver las cosas distintas, lo que solo puede querer decir que he llegado al punto en el que tengo la razón. Y encima estoy mayor para ser espectador de nada.

—Pero…

—Si no te estoy pidiendo que lo hagas ahora. Te estoy advirtiendo de que lo tendrás que hacer. Ni siquiera a la primera. Ni a la segunda. Me doy el margen de pensármelo y pedírtelo tres veces.

Pero esto avanza, y nunca hemos sido nosotros de negar lo que nos pasaba. La cabeza me empieza a fallar, y eso sí que no. Eso sí que no lo quiero. Por eso te lo pido ahora: que, a la tercera vez, lo hagas. Suicídame tú.

Después de algunas cosas no se pueden decir ningunas más. Como lo sabe, mi padre sonríe con una de esas sonrisas que le dieron tardes legendarias y con las que ha rematado las propuestas a las que no podías decirle que no. Nunca fue algo como esto, claro, que no se puede comparar con nada. Solían ser favores menores, como traerle una chaqueta o ir a por el pan, y se demuestra en este instante que no eran más que ejercicios para ensayar, golpe a golpe, que tuviera lista la sonrisa en el momento en que fuera a necesitarla de verdad: este momento. Me mira callado. Me mira porque le gusta hablarme por los ojos, sin esperar tampoco que yo le hable, consciente de que todo lo que puede hacerse ya es eso: dejar que él me mire a mí y yo le mire a él clavada en la silla en la que estoy, sin poder moverme aunque el cuerpo me pida correr a la noche y huir o traerle la pila de los libros y buscarle una frase al azar con la que algún escritor le diga lo que a mí no se me ocurre y tanta falta me hace. A mí lo único que me sale es decirle que cómo voy a matar a ese hombre que es él y al que admiro y que además es mi padre y me ha criado, que no podría vivir con eso y no sé si con lo contrario tampoco. Que no es que sea cobarde, es solo que no me atrevo.

Él me mira con su firmeza dulce, de la que nadie diría que provoca esta opresión que asedia el aire y que me ahoga.

Hace un calor del diablo y con la brisa no alcanza.

Mi padre no sabe con qué romper el silencio, y yo tampoco.

—¿Te das cuenta de lo liberador que es saber no hacer nada?

A mí me asfixia, pero será porque no sé o porque no puedo.

—Las horas de tren me lo han enseñado —me sigue diciendo—. Eso y la noche. Si trabajas de noche, el mundo lo ves de otra forma…

—¿Al revés?

—Al revés se ve si solo se vive de día.

Mi padre se las sabe todas y le basta con darme la mano para contenerme las emociones, que incluyen el dolor y la pena, pero también la rabia, que favores así no se le piden a una hija. A una hija se le puede pedir que te devuelva las fiambreras, no que te mate. Me ve frágil y no quiero. Yo quiero ser la malabarista que le distrae y hace como si aquí no hubiera pasado nada.

Me pongo a buscar entre las frases de sus libros por ver si damos con alguna que nos saque de allí y él acepta porque sabe que a mí me urgen más que a él. Voy a por ellas y le traigo a los poetas, porque la situación es grave. Busco una escapatoria en Dante y en Whitman, que le entusiasma y que recita de memoria en versos sueltos. De Whitman dice que es el poeta con más clase porque lo citaba Borges y porque le cantó a Lincoln. He sospechado siempre que mi padre provocaba aposta discusiones por el placer de regodearse en citas de autores que le hicieran lucir, convencido de que incluso en las peleas más zafias conviene guardar cierta distinción. Había en eso un fondo de impostura que me extrañaba porque mi padre no ha leído nunca para alardear, sino por gozo e incluso por una forma de compromiso. Leer ha sido su deber moral y su forma de rebeldía. De ahí que me extrañase esa vocación por los poetas lejanos, hasta que comprobaba con mis ojos esa habilidad suya para plantar una frase imbatible de Whitman en lo más grotesco del zafarrancho. Una frase como, por ejemplo: no soy orgulloso, solo estoy en mi sitio. La dejaba caer con elegancia y se sentía como el futbolista que, con un toque del pie derecho, convierte un balón perdido en una volea o en una asistencia de gol. Él ha ido por la vida peloteando con versos en los que se ha dejado su estilo. Eso ha sido también mi padre: un caballero y una manera de ser en la que no ha hecho falta gritar para demostrar que tuviera razón. En verdad, no le ha hecho falta demostrar que la tuviera. Si había una discusión, mi padre era Michael Laudrup, capaz de romperle la cintura al rival con la frase justa jugada a tiempo. Él ha sido el hombre que devolvía a la vida a los poetas, salvo a uno al que apartaba para las ocasiones más difíciles o muy suyas, al que solo me recitaba en los mayores desvelos y que me fue a leer la noche que me llevó a ver las estrellas para que no se me ocurriese pensar que mi vida se terminaba por el hecho de que se hubiera acabado la de mi madre. Es el poemario que más leído tiene y, por raro que suene, sobre el que menos anotaciones ha escrito. A Miguel Hernández mi padre se lo reserva con una admiración distinta al resto.

Por eso de todos los libros que le pueda buscar no le voy a traer ninguno suyo y sé que él no me lo va a pedir, porque sería el único que nos haría ver que el momento es definitivo y que de esta no se sale. El poeta está de fondo: no hace falta hacerlo explícito.

Mi padre me pregunta si al pie de las dedicatorias de los libros hay un asterisco o una marca porque querrán decir que se las copió para recitárselas a mi madre y que parecieran suyas. No sé si es entrañable o una poca vergüenza que reconozca el robo cuando todo le ha prescrito. Intenta encontrarse en sus lecturas porque teme olvidarse de todo y porque sabe que algunas veces le falla la mente y confunde algunos nombres, que a Manuel lo llamó Ramón y a Ramón lo llamó Miguel y los lapsus le frecuentan. Le espanta que su voluntad de morirse a la tercera sea incapaz de expresarla al mundo con la nitidez en que aún la concibe, y me aturde comprobar cómo una persona cabal, una buena persona, puede acabar sus días bajo los síntomas de la ansiedad. En su caso, ansiedad por saber morirse y por no perder el juicio. Lo que quiere es llegar al final y decirse que ha valido la pena, y yo eso lo entiendo y me parece de admirar y me inclina a hacerle caso y a ayudarle, pero pienso también en la responsabilidad y en la duda que me perturba: ¿y si me equivoco? ¿Y si hago mal por hacer lo que me pide? Como no soy él en este momento, me permito el lujo de mirar por mí y de ponerle pegas morales a un cuerpo que no es el mío, pese a que sé lo demás: sé que mi padre pelea porque ha aceptado que se le acaba la acción y que un hombre incapaz y sin conciencia ha perdido su condición de hombre. Él tiembla por miedo a perder el hilo, y yo por miedo a darle en todo la razón. Él quiere morirse en paz y yo se lo impido por un remordimiento. He llegado a pensar de mi padre que es un egoísta, y luego caigo en lo egoísta que es pensar eso a estas alturas.

Le incorporo y le saco al balcón. Le pido a Javier que me ayude. Peleo para que coma. Me acuerdo de cómo me impactaba de niña lo que le gustaba comer y cómo dedicaba los sábados a prepararse un bocadillo enorme para desayunar, con lomo y con queso y con tomate y con beicon, y me acuerdo de que nada de lo que yo comiera me sabía mejor que los bocados que le robaba a mi padre. Era capaz de darme la punta del bocadillo con la que él soñaba desde que partía el pan con el cuchillo y lo untaba de aceite de oliva. No existe un amor más hondo que ese, por el que fingía que aquel último mordisco por el que hubiera empeñado su patrimonio tampoco le importaba tanto. Ahora en cambio come a regañadientes. Ahora come sobre todo con Javier, con quien se acaba los platos que a mí me deja a medias. A mí me riñe si le riño, y me contesta: ¿y qué me va a pasar si no me acabo el arroz, que me moriré? Eso me dice, serio como se pone.

Decae un poco pese a que, en general, conserva el temperamento, que es como llama a la mala leche después de pedirme que me deje de eufemismos. Le sigo sacando a ver el amanecer y le arrimo a la orilla lo más que se puede. Le noto más cauto, pero sé que lo está por no ser un incordio. Se lo digo y se amosca y me reta a que le lleve a algún sitio, porque siempre me repite lo mismo:

—Tú quieres que estemos todo el rato en el recuerdo porque te es más cómodo, y así no te vuelvo a pedir lo que te estoy pidiendo. Pero yo ahí ya he estado mucho tiempo y no quiero volver.

—Es que se puede estar en los dos sitios a la vez. Entiendo que quieras aprovechar lo que te quede, pero no deberías huir de los recuerdos.

—¿Y tú crees que no recuerdo? He sido maquinista de trenes nocturnos: a mí nadie me tiene que explicar lo que es la melancolía. Tanto la conozco que huyo. Yo no quiero invocar unos recuerdos y contentarme con eso porque me engañarían y se quedarían cortos. No quiero verme así, preguntándome cómo he llegado de golpe a esta edad y a esta enfermedad y a esta despedida, si yo era esa que eres tú y fui un hombre de mediana edad hasta que caí en esta cama sin darme cuenta. A mí lo que me pasa es que no quiero que me veas morirme, y si es ley de vida esa ley no está bien porque no es justa. Que lo mejor sería morirse y punto.

No es fobia a los recuerdos, dice. Es miedo a no acordarse de los detalles. Eso le pasa.

—Esa es la verdad de lo que me pasa: que recuerdo mucho, pero no me acuerdo de lo que quiero. Yo tengo pasajes en la cabeza y sé lo afortunado que soy de tenerlos, pero a mí se me han olvidado las cosas concretas. Los olores, los sabores. Yo todavía, y no sé por cuánto más, tengo una idea del día en que naciste, pero no recuerdo la sensación exacta de cómo fue aquel día ni qué me dijo tu madre. Ni cuánto pesaste al nacer. A mí se me ha olvidado la esencia que hace los días distintos. A mí me duele no recordar de qué nos reíamos si solo recuerdo que, al ir a dormir, tu madre y yo nos encanábamos. No he sido tan feliz nunca en ningún sitio, ni cuando naciste tú, y perdona la franqueza. En ningún lugar me he sentido tan lleno como cuando nos metíamos en la cama y nos tronchábamos por lo que fuera, mira si es simple. Eso hacía que todo tuviera sentido. Y, sin embargo, no me acuerdo de ninguno de aquellos diálogos ni de cómo amanecimos, y eso me revienta. Por ridículo que te parezca, es lo que a mí me resulta insoportable. Yo ahora mismo quiero acordarme de algo así de tangible: de qué nos reíamos tu madre y yo, qué comimos y si llovió o salió el sol.

Mi padre necesita volver a las sensaciones concretas que hacían que los días no fueran como los demás. Volver a vivir, necesita, y se asusta de que su cabeza recree o invente porque, entonces, acabará evocando una ficción. Ese pánico tiene: que su vida se reduzca a los recuerdos que le queden por azar, porque los recuerdos ni se escogen ni se evitan, y que además sean tergiversados o falsos, consciente de que la memoria se rinde al proceso biológico que quiere hacernos creer que hemos tenido una vida buena o suficiente. Para él sería un final espantoso, sentir nostalgia de una mentira.

—Por eso no quiero que me llenes esto de recuerdos, porque la vida no puede ser eso. No puede quedar en eso, no me fastidies.

Se agarra entonces a lo que le queda, que dice que es un rescoldo de curiosidad por la inercia de tantos años y supongo que por un instinto de supervivencia.

De improviso, me he levantado de la silla y le he preparado una bolsa con lo justo. Le he abrazado y me ha abrazado, pero no era eso lo que yo quería. Yo quería cogerlo en brazos y ponerlo en la silla de ruedas mientras él me preguntaba qué haces y adónde vas y yo no le decía porque qué sabré yo. Yo me lo llevo y le pido a Javier que me ayude a sacarlo de casa y que se quede, que esto me apetece hacerlo sola, que lo hagamos a solas, mi padre y yo. Así que salimos los dos y echo a correr mientras lo llevo hacia el mar, que es donde mi padre siempre me ha dicho que hay que ir cuando se quiere algo y cuando no se sabe lo que se quiere. Al mar, dice, siempre hay que ir al mar porque esa fascinación suya no la ha podido explicar nunca.

Lo meto como puedo en la arena de la playa mientras él sacude la cabeza y me grita que estoy loca; me dice todas las cosas, pero no me dice que no. Eso no me lo dice porque conserva un rescoldo de curiosidad y yo estoy decidida a ponerlo a prueba. Me arrepiento ahora de haber salido sin Javier, pero no vuelvo. Al revés.

Al mar, hay que meterse en el mar.

Pido a los socorristas que me ayuden porque esa playa, tan pequeña, no está adaptada y me sugieren que vaya a otras con rampas y banderas azules, pero entienden al momento que mi padre se tiene que bañar allí y que yo me tengo que bañar allí con él, por si aparecen los recuerdos concretos al remover el agua. Saco de la bolsa el bañador y veo lo que ve cualquiera: que no se lo puedo poner. Y ante el primer golpe de realidad mi padre sonríe. Sonríe y me dice que no importa, que ya hemos llegado aquí y no vamos a dar la vuelta, que le meta como está y que yo entre con él. Lo hago, claro. Entra él en mis brazos gracias a bañistas que se acercan y se preocupan por si el agua no va a estar demasiado fría, que la hora no es para que esté buena. Al principio no la nota, pero luego mi padre dice que empieza a sentirla, que le ha vuelto el frío a la punta de los dedos de los pies, y esa sensación, que ha odiado tanto toda la vida, de pronto le da las fuerzas de un chaval, capaz si pudiera de nadar hasta el espigón. Como no puede, me da la mano para que yo lo entienda y yo solo aspiro a que él se vea a tiempo aún de vivir algo nuevo que sea salado y frío. Me basta con verle la cara que me dice por sí sola lo que luego me negará: que todavía vale la pena. Le baño el pelo y la cara y le busco las cosquillas y no es menester que le diga que le estoy viendo a él cuando era joven y me metía en el agua para enseñarme a nadar en esa orilla que era propicia porque más que playa parece una balsa de agua domada. Mi padre apenas dice, pero dice: que no quiere que se acabe. Mi padre no sabía adónde lo iba a llevar y una vez fuera no quiere que lo meta en casa. Quiere que lo tumbe en la arena y que lo seque, que no sea absurda y le venga con que cogerá frío, si no será un resfriado el que lo mate. Que le dé un paseo y me fije en el cielo incandescente, pero que lo mire atenta con más pausa, y que lo vuelva mirar, y que dé otro paseo, esta vez por la avenida, que lo ponga a comerse un helado o una de las pastas que venden en el horno de la esquina. Con mucho chocolate. Que le acerque a saludar a unos conocidos que le preguntarán si va todo bien, que cómo es que ha salido de casa y además con esas pintas, si es que su hija ha perdido el juicio. Y la verdad es que sí, señora: lo que he perdido son los juicios de los demás. Aquí estamos un padre y una hija expuestos a sus miradas, inmersos en una alegría que es limpia y sin doblez y que, a lo sumo, solo discute el remordimiento de preguntarme ahora si no lo habré dejado solo demasiadas tardes. Detesto ese mecanismo de mi cabeza que busca sombras incluso en rachas de luz, pero, al cabo, la felicidad nunca es completa. Cómo va a haber felicidad, me digo, si mi padre se muere, y, sin embargo, quién podría negarla, así como le veo. Así como nos veo.

Yo caigo, ya tarde, en que habría podido compartir más ratos como este, en los que me pide que lo meta en el coche y le lleve a dar una vuelta, que lo acerque a la ciudad porque él aguanta, y de verdad que lo parece. Parece otro y no sabemos, ni él ni yo, lo que le va a durar. Así que lo llevo a la ciudad, que no está lejos, y recorremos el centro y le hago acompañarme a las tiendas para que, frente a un escaparate, la vida se le haga normal y electrizante: la de antes. Resulta extraordinario ese instante en que la vida se antoja normal otra vez. No ha dejado de sonreírme, y no sabría decir si lo está haciendo por él o por mí. Pero ahí está, resuelto a todo. También a que lleguemos a la terraza de una cafetería junto con un grupo de señoras británicas, todas de su edad y en busca de la diversión que él ya no puede darles. Eso les dice, en un inglés que no tiene, aunque le entienden. Se ríen. Le preguntan qué le pasa, que su aspecto no es normal, y les contesta que su hija ha enloquecido. Se preocupan y, antes de que vayan a mayores, él mismo las tranquiliza y vuelven las cosas a su sitio: las señoras a las copas y mi padre conmigo al coche, de regreso, hablando sin parar de las señoras y las tiendas y los amigos y la arena y el agua y los olores y los precios. Y del frío que no se le va de la punta de los dedos de los pies.

—A ver si después de todo esto se te quitan de la cabeza esas ideas extrañas —le suelto.

—Déjame que te diga.

He temido que ahí quisiera ponerse trascendente. Y sin duda se ha puesto.

—¿Tú crees que a alguna de esas inglesas le hubiera importado que yo llevara pañal?

A la mañana siguiente no ha querido que viéramos el amanecer, ni verlo a solas tampoco. A la mañana siguiente le ha sobrevenido otro ánimo, peor, y una flojera que le tiene sin habla. Es un silencio distinto, como si fuera impuesto. Atiende a Javier y cumple con lo que Javier le pide: levanta un brazo y luego el otro, de un modo automático. Pero la verdad es que a mi padre, que lleva malo un tiempo, se le acaba de poner cara de enfermo.

Hoy, justo después de una sucesión de sensaciones que le hicieron creer que era una persona sana con los diez dedos de los pies, ha amanecido despegado de sí mismo. Puede que sea el efecto de las pastillas, pero cómo saberlo si no lo sabe ni él. Supongo que es lo que está por venir: secuencias de euforia a las que seguirán aterrizajes así. Eso hace: aterriza en esta realidad en la que, acabada la gimnasia de la mañana, pide mi mano con su mano, de la que nadie podría afirmar que fuera la misma que me dio ayer. Es la suya y, en cambio, no se parece a la de mi padre. Afilada, como veo que se le quiere poner la punta de la nariz. Él, que lee lo que pienso, me nota el miedo y entonces se pone serio. De un serio que no asusta.

—El médico me explicó cómo iría convirtiéndome en la carga que soy. Él no lo dijo así, pero yo le entendí. Me fallan los brazos y me fallan las piernas. Y no es por eso por lo que te lo pido. Te lo pido porque, antes que eso, irán a más los fallos en la cabeza. Mezclo ideas y mezclo nombres y a menudo me pregunto dónde estoy y qué hago aquí. Y no sé si podré aguantar el momento en que te coja la mano como ahora y, al mirarte, no me salga ni tu nombre. Por eso es por lo que te tengo que pedir lo que no querría pedirte.

—Podemos pedir ayuda y hablar con los médicos. Podemos hacerlo bien.

—En estas semanas me he ido informando y sé que esto lo puedo hacer incluso solo. Pero esto necesito hacerlo contigo. Es más que eso. Lo que necesito en realidad es que me comprendas, eso te pido. Eso es lo que me hará estar tranquilo y seguro del todo: saber que tú lo entiendes. Yo no quiero llegar a un estado en el que el desenlace sea inevitable y no tenga más remedio. Yo quiero evitar que veas a tu padre sin reconocerlo y me da igual que los demás no lo entiendan o que me llamen débil o que me llamen cobarde por no esperar a morirme como me toca. Prefiero morirme bien. No tengo esa curiosidad ni esa necesidad tampoco. Lo que quiero es que mi hija me mire, me entienda y me diga que tengo razón. Si voy a perder la cabeza, el cuerpo no me sirve.

He mirado a Javier para que nos dejara solos, pero ha sido mi padre el que lo ha impedido. Mi padre lo echó de menos en la escapada de ayer y esta vez lo quiere de testigo, y a veces pienso que de cómplice. Porque Javier hace en eso lo que mi padre: calla y no juzga. Les sale de natural, como si fuera tan fácil. Y ha sido así, con él mediante, como mi padre me lo ha pedido por primera vez,

con la pureza intacta de su mirada. Mi padre sabe
que va hacia la desmemoria, y se repite una frase que dicen que dijo Napoleón: hay que querer
vivir y saber morir.

Será por sus manos, afiladas y frías. Será que le estremecen los rigores de la enfermedad y de la vejez. Será por lo de ayer, que yo pensaba que iba a llenarlo de vida y quizá le hizo ver que era el final. Sea por lo que sea, el caso es que mi padre me lo ha pedido. Me ha dicho que por favor lo mate y a mí, asustada porque todo me haya parecido tan civilizado, me ha salido preguntarle qué sentido tiene acelerar un proceso inevitable.

—Que soy yo el que lo decide. Que seré yo todavía el que me despida de ti y que, para mí, la vida no es un latido ni un estertor. El presente se me ha quedado en esto, que es tan poco, y quiero despedirme bien.

—Esto es suficiente. Mira lo que estamos viviendo.

—Es fácil decirlo.

—Es lo que tú me dirías a mí. Pero si aún te quedan cosas por hacer, me dirías. ¡Si aún nos quedan muchas cosas! Aún te tengo que traer a más gente, que hay cola para subir a verte. Aún nos quedan paseos y ratos. Sobre todo eso: nos quedan los ratos. Y las risas. Y, si hay momentos en los que no estás, hay otros en los que vuelves y eres más tú que nunca. No renuncies a eso. A mí me quedan mil libros para cazarte con frases de esas que subrayabas, que crees que te las sabes todas y lo que haces es mezclarlas e inventarlas.

Sonríe.

Confío en los libros porque le gusta verme curioseando las frases que subrayó y, más aún, tratando de entender la letra que dejaba escrita en los lados o en las primeras páginas. El día que me muera, me dice, me buscas en esos garabatos. Los toma como su legado y me sorprende al principio, porque no dejan de ser las frases de otros y si dicen tanto de él no las pueden haber escrito sus desconocidos. Pero caigo enseguida en que esas frases ya son suyas y le evocan sitios, le evocan a la persona que fue cuando las subrayó. Así es como se engaña el hombre que dice que se pone de espaldas a sus recuerdos y en cambio busca acordarse en cada libro del tipo que era él al leerlos. Ese, por ejemplo, lo compré después de un viaje a Italia, dice, y señala los colores verdes y rojos de una portada de Alberto Savinio, a quien casi nadie conoce y que él adora. Por surrealista, que es la manera más sensata en la que cree que se le puede encontrar un sentido al mundo. De Savinio cita siempre su teoría de los hombres tonel, tan huecos que nunca se empachan. Savinio la aplicaba a Mussolini y mi padre la usa para los hombres llenos de ansia que sacian su vacío con dinero o con poder, que son los factores que dice que moverían el mundo si no lo movieran el miedo y el odio, y las buenas intenciones. Mira, se le oye decir a veces: ahí va un hombre tonel. Eso mi padre lo ha hecho mucho: aplicar las teorías que leía y hacer que encajen en la realidad. Por eso se ha explicado siempre tan bien, porque habla en imágenes, y por eso se deja distraer con el juego de las frases al aire que le ponen a prueba.

—«Otra vez hay mar gruesa, y el viento sopla en ráfagas excitantes».

Le leo solo eso, que es un principio. Pero con eso le sobra, porque él siente atracción por los inicios.

—*Justine*, de Durrell. Del Durrell mayor. Era muy fácil. ¿Sabes que esa edición me la trajeron de Egipto? Fue tu madre la que me recomendó el libro.

—«Los curiosos acontecimientos que constituyen el tema de esta crónica…».

—¡*La peste*! Pero si vas a mis favoritos… Me lo tienes que complicar un poco más.

—«Quizá digáis: "Pero si nosotras te pedimos que hablaras sobre la mujer y la novela, ¿qué tendrá eso que ver con una habitación propia?"».

—¿Me lo estás leyendo en serio? ¡Si el libro se llama así!

—¡Es verdad! Es que los principios te los sabes todos.

Cojo más libros y voy formando una pila sobre el suelo. Abro al azar y busco los subrayados que más le provoquen. A él ese juego parece que le devuelva las ganas.

—A ver esta: «La lengua es un sistema de citas».

—Uf...

—Otra: «He cedido tal vez a la vanidad de no ser vengativo».

—¿Cortázar?

—Casi. Otra: «Comprendí que para un muchacho que no había cumplido veinte años, un hombre de más de setenta era casi un muerto».

—¡Borges! Pero esa me la sé porque está hablando de mí.

—Y mira, en el mismo cuento subrayaste esta, que les dice una abuela a sus nietos: «Soy una mujer muy vieja, que está muriéndose muy despacio. Que nadie se alborote por una cosa tan común y corriente».

Se nos irá la tarde, porque ese trasiego le alimenta y porque las frases más de verdad que tiene las ha sacado de esas ficciones. Por eso leo, dice: porque todas esas sensaciones que te provocan son reales y son concretas. Habría leído mil libros más y por eso los compró, pero todo no se puede.

—Uno tiene que elegir sus frustraciones lo mismo que sus indiferencias —me suelta—. Pero de esa lección no escapa nadie: que todo no se puede.

Me asusta que ocurra esto y que parezca lo más normal, que mi padre pueda perder la cabeza un rato y al otro rato saque su versión más lúcida, que le hace hablar tan claro y tan firme, que venga de pedirme que lo mate y después le apetezca jugar a las frases con la alegría de un niño. He llegado a pensar que está en su mejor momento, hasta que se le extinga ese rescoldo de curiosidad por el que no puede dejar de preguntar por las frases que tiene repartidas en sus libros. Le leo las notas que él escribió y él las escucha como si no fueran suyas. Las escucha, tantos años después, con la incertidumbre de saber cómo era él en el pasado.

—Mira —le digo—. Aquí pusiste que la única salida es el anarquismo.

—¿Que yo puse que la única salida es el anarquismo? Sería irónico.

—No lo parece. Le pusiste muchas exclamaciones y apretaste bien el lápiz. Igual ya intuías que te ibas a arrepentir y te quisiste curar de la tentación de borrarlo.

—Que no me creo yo eso, mujer. A ver qué letra es esa.

—¡La tuya, caramba! De cuando eras un librepensador y no este señor burgués de ahora.

—Oye, sin faltar.

—No sabía que ser burgués fuera un insulto. Solo describo…

—¿Te refieres a este señor burgués que te ha dado todo lo que has tenido?

—Díselo al joven revolucionario que fuiste y que apretaba fuerte el lápiz sobre el papel.

—¿Tú no distingues todavía entre una idea y un ideal?

—Yo lo que veo es que tu yo de antes tiene unas cuantas preguntas para tu yo de ahora.

Fue Tabucchi el que escribió que tenemos un yo hegemónico, que puede mudar lo mismo que las serpientes mudan de piel, y en esa página, que es la 110 de *Sostiene Pereira*, mi padre tiene anotado que solo los fanáticos piensan lo mismo todo el tiempo. Ahora, dándose la razón a sí mismo, se extraña de sus pensamientos viejos. Le ha cambiado el yo hegemónico, lo que no quiere decir que haya cambiado de principios.

—Hay que tener principios. Y hay que saber adaptarse.

La ironía es el primer síntoma de la lucidez, y así está él: lúcido y sorprendido de verse en sus notas manuscritas, porque uno tiende a pensar que siempre cambian los demás, a los que un día ve más viejos, más de derechas o más de izquierdas. Hasta que de pronto se ve abordado por una frase que dejó escrita de joven, cuando la vida no se iba a acabar nunca, y se sorprende de confirmar que aquella persona que tenía su letra en efecto era él. De modo que la curiosidad ya no es un rescoldo, sino más bien el morbo por saber quién ha dejado de ser si se compara con sus viejas notas. Como le cuesta rebuscar con sus manos, me lanza a mí a sus libros para que le haga yo la prospección y le desentrañe esa letra menuda, de trazos redondos, que desperdigó en cientos de páginas sin darle la importancia en la que ahora cae. Algunas notas no se entienden o se han borrado casi, pero me alcanza para leerle que aquí puso que este autor se equivocaba o que esto le parecía un despropósito o que esa frase no podría haberla escrito mejor, que halagos también hay. Mi padre ha librado debates fieros con sus libros: esto de aquí explícaselo a los que mataron en los gulags, puso en uno que se ve que dejó a medias con un enfado por el que le creo capaz de haberse presentado en la librería a reclamar que le devolvieran el dinero. Se tiene hablando solo, él con sus notas, y basta con ver su biblioteca para darse cuenta de que no es que ahí estén las ideas que le han forjado, sino el proceso por el que las construyó. Ahí están algunos de sus pasajes más gratos y de sus más grandes decepciones, que eso lo es también: un hombre que se ha decepcionado. Un hombre común, entonces.

Pide a Javier que se acerque y le empieza a contar viejas historias de aquellas notas. Tiene los recuerdos frescos, porque esos libros mi padre los ha revisitado a menudo. A mí me va preguntando si me acuerdo, si me acuerdo de este libro y de este otro, y dudo si me está confundiendo con mi madre. Igual es cosa mía, pero no se lo pregunto por si acaso. Le pregunto algo peor y más grave: si siente miedo, y me ha dicho que lo que siente es respeto. Es lo que me decía cuando yo aprendía a conducir, que al coche había que tenerle respeto pero no miedo, y me maravilla que una frase así, tan vacía y tan de padre, sirva para explicar cómo llevar un coche sin chocarse y cómo asumir el proceso de morirse. En mi padre, tiene sentido las dos veces. Él lo dice sin querer, sacando a Borges: el miedo es sonso, dice. El miedo no sirve. Me he convencido de que, si llega el día en que sea incapaz de recordar nada, lo último que le quedará será alguna de esas frases que le alumbran igual que otra gente, ya sin nada, guarda en la última neurona una canción y su estribillo. Mi padre tarareará frases robadas.

Me sale decirle:

—¿Te das cuenta de que aún nos queda tiempo para compartir?

—Me doy cuenta de que, cuando ya no pueda hacer esto, ya no me quedará nada más. Dentro de cuatro días todo esto ya no podrá ser, porque quizá no reconozca las palabras o las letras. Y digo dentro de cuatro días en un sentido literal, porque soy ya un hombre literal y sin metáforas. Soy lo que ves. Para mí, decir cuatro días no es una forma de hablar. Yo ya estoy aparte de todo.

—Tú eres aún un hombre de mundo.

—¡Pero claro que sí! ¿Quién lo discute? Me asusta que andes confundida con lo que me pasa: lo que me pasa es que me muero, que es la cosa más corriente, como decía la señora de Borges. He tenido la suerte de llegar hasta aquí y de poder despedirme, que es algo que tu madre no pudo.

Hace una pausa. Parece que sea por la emoción, pero es por la coherencia. Se elabora una especie de esquema mental para asegurarse de que su relato tendrá lo que debe tener un relato: inicio, nudo y desenlace. Cada vez que le pasa, que quiere decirme algo trascendente, habla sílaba a sílaba y poco a poco para comprobar que pisa terreno firme. Hace la pausa.

Y sigue.

—Yo tengo la suerte, con todo lo malo que me pasa y que vaya a pasar, de que puedo mantener contigo no solo esta charla, sino una discusión, para convencerte de que no es que yo me quiera morir cuanto antes porque me haya cansado. Es al revés: que yo la vida la quiero en lo mejor. No es que yo sea un viejo fuera de su tiempo: no estaré a la última en la tecnología ni con los teléfonos, ni soy capaz de adivinar lo que os traerá la inteligencia artificial. Por descontado, soy incapaz de seguir el ritmo de las series o de los nuevos cacharros que se venden. Oigo el ruido del mundo y quizá me abstraigo. Veo la ansiedad y la tensión y el estrés por los que palpita la vida en la forma en la que está organizada; pero eso no me vuelve un desfasado ni me deja fuera del todo. Me interesan la vida y esta sociedad que también habitamos los ancianos. Es mi mundo y no me apeo, pero no sé vivir desde fuera. Yo no renuncio al mundo ni a adaptarme, yo renuncio a esta servidumbre. Digo renuncia, no rendición. Renuncio para afirmar lo que soy.

Hago una pausa. Compruebo que, en la plenitud de su conciencia, mi padre es imbatible. Parece que bailen en él todas las frases que subrayó y que incluso las hubiera subrayado para irlas a hilar cuando las necesitara, sin que se pudiera hacer otra cosa más que darle la razón.

A mí me queda la ironía y nada más.

—¿Y esa frase de quién es? Que te ha salido muy redonda —le digo.

—Es un poco de Camus y otro poco mía, que aún razono por mi cuenta.

Mi padre sabe que le queda poco de esa libertad.

Mi padre tiene razón.

Antes de que me fuera, ya en la puerta, me ha pedido que me quedara un rato más. Que cogiera las toallas de asearse y le aseara. Que le aseara yo a él y le ayudara a quitarse el pijama y llenara la palangana con agua y con jabón del que no le irrita, que es el de los niños pequeños. Que mojase la esponja y se la pasase poco a poco, casi seca, por el cuello y las axilas, por el pecho y por la espalda. Que le cambiase el pañal. Que le limpiara el cuerpo y las manos, que le repasase las uñas y las recortase. Que le arreglase la cara y la barba y que, al final, le peinara como siempre se ha peinado, de izquierda a derecha.

Le he notado una vergüenza absurda que apenas podía disimular, pero no he querido decirle nada. Le he puesto un poco de su colonia nueva y he caído en que ese olor ya es para mí el olor de mi padre, sin más recuerdos que ese. No tiene nada de especial ni mucho menos lo tiene de bonito: arreglar a un padre que no puede asearse solo y, sin embargo, ese rato ha sido nuestro y de nadie más. Tampoco ha hecho falta que me dijera nada: me ha dejado hacer mientras miraba el techo. Me ha sonreído varias veces, señal de que me ha notado contenta y triste porque hace un tiempo que, en esta casa, lo contradictorio es lo normal. Luego me ha pedido que le dejase la radio encendida y le he preguntado si no le molesta esa interferencia que parece que escuche cualquiera menos él. Y no, dice. Dice que no le molesta: que siempre hay un ruido al fondo y la vida es acostumbrarse. He caído en que han sonado un par de veces las señales horarias y he pensado que solo les pueden haber importado a los que están sanos. Mi padre lleva días sin preguntar la hora que es.

Le he subido una botella de vino y nos la hemos tomado a su salud. Entera.

Al acabar, me ha dicho que tendría que irme y llamar a Javier, que hace mucho que no se asea y nota que huele mal. Cuando he ido a decirle que lo acababa de limpiar yo misma, que acabábamos de tener el momento de mayor complicidad y casi que el más íntimo, he asentido y he dicho que claro, que enseguida lo llamo.

—Claro. Yo le aviso.

—Y no me olvido de que te lo he pedido ya una vez. Tienes que pensar cómo ayudarme.

Han cambiado las cosas de un modo en que no volverán a ser como antes. Ya pasa que mi padre a menudo no es él.

Me ha dicho Javier que no es la primera vez que le ocurre y que le extraña que yo no lo haya percibido antes, porque mi padre pierde la cabeza en sitios de donde luego igual no la recoge. Lo he percibido antes, claro, pero yo también leí a Orwell y sé que lo más obvio resulta lo más complicado de ver. Nadie ha dicho que haya que esperar al duelo para que empiece la fase de negación.

Es curioso cómo Javier, que era un desconocido hace unos días, se ha convertido en alguien fundamental, que entiende a mi padre y me entiende a mí. Javier parece que se adapte a cada situación, y lo que pasa de verdad es que hace que la situación se le adapte a él. Sabe su sitio en cada escena. Ha estado vigilante tras la puerta mientras yo arreglaba a mi padre. Ha estado sentado al fondo en la mayoría de las visitas. Ha alargado las horas si yo tenía que salir por cualquier imprevisto. Y ahora me encuentro ante él, del que no sé ni de qué familia proviene, si es del pueblo o es de fuera, si tiene pareja y perspectivas de quedarse o de salir, para preguntarle qué haría él en una situación así, si su padre le pidiera que le ayudara a morir. Que lo matara, vaya. Javier, que despliega expresiones de mi padre con la cadencia de mi padre, sabe que estoy ante mi decisión más difícil, pero cree que mi padre tiene sus razones muy pensadas y que nadie le podrá rebatir que quiera vivir una vida que valga la pena. Me dice Javier que mi padre sabe que hay maneras de hacerlo y las ha hablado con los médicos, pero eso le ahogaría en un mar de papeleos y permisos para el que no tiene tiempo. Él solo necesita, me dice Javier, que yo entienda que no es que mi padre me lo pida, sino que mi padre lo merece: merece que le asegure un buen final, aunque entiende que a mí me pueda quedar la mala conciencia de haber sido la hija que mató a su padre o que lo mató antes de hora. No es cualquier aunque. Es el aunque que me frena, que yo no soy nadie para decidir hasta dónde tiene que durar la vida de un hombre y temo que ser la buena hija que hace lo que le piden me convierta en la mala hija que me aterra ser, que mientras mi padre tenga unos ojos que miren y unas manos que puedan tocar tendrá la dignidad de cualquier ser humano y que yo no puedo arrebatarle a nadie; menos aún a mi padre. Me haría falta una hermana o un hermano, me digo, y me pregunto si nos habríamos llevado bien. Pero me pasa que me hago tarde todas las preguntas.

Javier me da la mano y yo le doy las gracias, y me recuerda que lo importante es tomar una decisión.

—Sí —contesto—. Necesito asegurarme de que él sea consciente del todo cuando me lo pida.

—No me malinterpretes: él lo tiene muy claro. Eres tú la que tiene que decidirlo.

De esa elección no escapa nadie: todo no se puede.

Han llamado al timbre y era una señora que no conozco, aunque tampoco podría decir que fuera una desconocida del todo. Una señora distinguida que mira a todas partes, como si viniera huyendo de alguien. Pienso que lleva un vestido moderno y pienso a la vez que eso es una condescendencia, que Javier nunca habría hecho un comentario así. A esa señora me la he cruzado varias veces varios años y me suena de darle los buenos días y las buenas noches. Me suena porque es una de las señoras que alguna vez han aparecido en esas historias que la familia cuenta de noche a la fresca del verano, en la puerta de la casa. De esa señora se han dado referencias: que si hace unos años vivía en el pueblo pero se mudó a otro sitio, que se casó pero se divorció, que volvió al pueblo y se instaló en la casa de su familia. De eso me suena la señora, de oídas, y por eso me ha extrañado poco que me preguntara cómo estaba mi padre y si podía pasar y si, ya que estaba, podía subir a verle a su habitación. Eso ya me ha sorprendido un poco. En verdad, me ha sorprendido del todo, pero la señora venía determinada. He accedido, aunque he tenido que preguntarle oiga y usted cómo se llama, si no le importa, porque en este momento no caigo.

—¿Es que tu padre no te ha hablado de mí?

Lo cierto es que no, que mi padre no me ha hablado de ella y no he sabido mentirle a la cara. Tampoco tenía necesidad: me he callado y he ido a anunciar a mi padre que había venido una señora, Carmen según me ha dicho, dispuesta a subir a verle. Le he dicho también que la he notado un poco nerviosa pero, como no la conozco, no sé si es que está nerviosa por verle o porque lo lleve en su forma de ser, y lo he dejado ahí porque tampoco se trataba de aventar la ristra de mis prejuicios.

Nervioso, en realidad, es como se ha puesto mi padre, que habría dado un respingo de haber podido. Se ha querido incorporar en la cama y ha llamado a Javier con cierta urgencia. Al llegar Javier le ha contado que Carmen estaba en la casa y que quería verle, y Javier ha parecido que entendía la importancia de la situación, que sabía quién era Carmen y, lo que es más relevante, que sabía lo que había que hacer. He asistido a una especie de ceremonia ideada de antes, porque Javier ha seguido un protocolo y mi padre se ha dejado hacer sin rechistar, con un brío que le hacía parecer el hombre que era un par de meses atrás, con la misma luz y casi que el mismo porte. Es normal que la enfermedad que le quita las fuerzas se las devuelva en algunos picos, pero esta excitación no se la había visto. Le ha lavado, le ha peinado de izquierda a derecha y le ha aseado. Luego lo ha mirado con cierta distancia, Javier a mi padre, para darle el aprobado. Iba a preguntar qué es lo que estaba pasando, pero esperaba que mis gestos ya lo estuvieran haciendo por mí. Tampoco es que mi padre se haya extendido en explicaciones:

—Dile que suba, no te quedes ahí.

—Pero, ¿Carmen quién es?

—Pues una amiga, quién va a ser.

Una amiga. Nunca se es lo suficientemente mayor para los eufemismos.

Me ha hecho volver. Me ha dado por pensar, en una ráfaga de segundo, que iba a contarme la historia por mucho que fuera tarde. He pensado que yo, en muestra de mi magnanimidad, estaba dispuesta a decirle no te preocupes, papá. Estaba dispuesta a perdonarle, lo que significa que aquello para mí era una falta. Él me ha devuelto un susurro que me ha puesto en mi sitio.

—Descuelga por favor el crucifijo.

El crucifijo. Le hago saber con mi cara que aquello me molesta, no por el crucifijo, sino por su silencio. Me molesta tanto que le menciono a mi madre, que es esa mujer a la que se ve en la foto de la pared, justo al lado del crucifijo. Me siento mal por mentarla, pero lo hago. Le digo que ella se habría enfadado como lo estoy yo. Enfadada y celosa, aunque eso no se lo digo porque eso no está bien. A él no le afecta mi enfado o lo desdeña, que es peor. Mi padre pone su cara de nada y eso me enciende más. Escondo el crucifijo de un zarpazo y me aseguro de que la foto de la boda está bien colgada y a la vista. Le quito el polvo con los dedos. Bajo a paso vivo a por Carmen —a por la tal Carmen— y la acompaño a la habitación. A decir verdad, es Carmen la que me acompaña porque, de tan nerviosa, ella se ha puesto delante y va sola hasta el cuarto, lo que me descubre que ha estado ya otras veces. Da un paso al frente y a mi padre se le estira la sonrisa, y a mí me da por mirar el hueco del crucifijo y por quedarme allí contemplándoles a ellos, que se guardan una distancia física que han roto con los ojos. Sea lo que sea, me estoy perdiendo algo y mi padre me pide que haga el favor de dejarlos solos. Me lo pide con un tono de voz que es a la vez un reproche por no haberme dado cuenta de que estorbo. Me retiro para que no puedan ver que les sigo viendo, escondida tras la puerta. Sé que Javier me está mirando porque noto que hunde sobre mí su mirada de censura y reprobación, noto su soberbia moral desde aquí abajo. Pero no es su padre el que está ahí: es el mío y tengo derecho a fisgonear. Le ignoro. Sigo a lo mío. Me ocurre algo que no puedo controlar y empiezo a sentirme ridícula por esta sensación que me hace decir que debo proteger a mi padre. Lo digo en voz alta, como si de verdad lo creyera, y caigo en que la frase me provoca un escalofrío, lo que querrá decir, supongo, que de verdad estoy haciendo el ridículo. Aguanto agazapada hasta que, de golpe, me avergüenza mirar la escena en este ángulo y comprobar que Carmen apenas se ha movido, envuelta en un temblor que le brota por las manos y por las piernas y por la comisura de los labios, que no se tiene en pie y se ha quedado quieta y desencajada. Carmen acaba de descubrir que el hombre que ha venido a ver ya es otro, y le duele no poder contenerse. Esta es una de esas ocasiones que demuestra que la verdad tampoco merece tanto la pena.

He visto a mi padre pedirle que se sentara a su lado para que pudiera comprobar que es él o lo que quede de él, que apartase los periódicos, abiertos por supuesto por la página de las esquelas. Ella le ha reprendido por leerlas y él se ha echado a reír, en una risa seductora pese a que le sacara los dientes gastados y los labios mordidos. Me he acordado de aquello de la culpa y el odio y la risa y he visto que sí, que con esa risa se pueden decir todas las cosas que no hace falta que se digan. No sé quién es Carmen, pero sé que mi padre tiene con ella una complicidad honesta y, al pensarlo, me he avergonzado por segunda vez por decir *complicidad* dando por hecho que los mayores no pudieran quererse, sino ser cómplices, que es una palabra con la que no se escriben novelas, sino el código penal. Si hubieran sido adolescentes, a eso lo habría llamado una relación, pero como son viejos lo llamo de otra manera. Lo llamo con un prejuicio.

Otra cosa es que esto de aquí, tan real, mi padre no me lo haya ni contado, que quizá por un prejuicio esta vez suyo me haya escondido que hay una mujer que le interesa o que se siente interesada en él, porque eso es lo que se ve, desde el quicio de esta puerta y desde más lejos incluso: que esas dos personas se gustan o se atraen, que ella quería volver a verle y que él quería sentirse aún capaz de despertar una pasión que no fuera la pena. Mi padre le ha tendido la mano y ella, más nerviosa que cuando entró, se ha acercado a darle un beso en la mejilla, igual que si fueran niños. Ahí ha sido cuando me he dicho qué haces y qué estás mirando y por qué no te vas y cuando me he dado cuenta de que Javier ya hacía rato que me esperaba —él y su ética— en la cocina, con ese gesto tan de mi padre por el que sin que te digan nada te riñen y tú solo puedes pedir perdón, que es lo que hago.

—Perdón. Perdón, Javier, que yo sé que tienes razón. Pero también necesito que alguien me entienda, que me entero de pronto de que había alguien en la vida de mi padre y mi padre no me ha explicado lo que, por lo visto, tú sí sabías. Y tú llegaste mucho más tarde. Mucho más tarde que yo, me refiero. Porque, entre otras cosas, yo soy su hija y tú eres un chico adorable al que contraté hace unos días.

Javier calla. Javier olvida que le pago yo y yo me sorprendo de pensar que el dinero que le pago me da derecho a no sé qué cosas. Me pregunto si me estoy volviendo otra persona o solo es que me estoy conociendo. Desde que mi padre enfermó no sé si las cosas que menos me gustan de mí salen del cansancio o del fondo de mi carácter. Me enfado con Javier porque me resulta la opción más fácil, pero él me ignora sin perturbarse. Él guarda las confidencias por un sentido de la lealtad que ha adquirido con mi padre y dice que no es que no quiera contarme por mucho que le sonsaque, sino que todo lo que he de saber me lo ha de decir mi padre porque, tal como acabo de recordarle, su hija soy yo. Me duele que cite mi frase, pero me cita para que yo no pueda replicar nada. Ya que está por decirme, me dice también que la primera ley de su oficio es no meterse en las disputas entre familiares. Le contesto que me enfada el silencio de mi padre y su falta de confianza y, a la vez, me digo a mí misma que lo que me duele más es haberme enterado así de que, tantos años después, mi padre haya cambiado a mi madre por otra. No tengo ningún derecho a sentirme como inevitablemente me siento, así que por lo menos celebro la virtud de ser falsa con los demás pero saber ser sincera conmigo misma. No es poco.

En eso, Carmen me ha venido a llamar y lo ha hecho por mi nombre, con los ojos rojos de pena y una sonrisa de alegría, y he visto que incluso los gestos opuestos tienen en ella una elegancia discreta. Me ha abrazado y me ha dicho que encantada, que ella es una mujer que quiere mucho a mi padre —me ha dicho que le quiere, no que le tenga cariño ni que le guarde afecto ni cualquier otra pamplina— y que había de venir a despedirse porque no cree que pueda verlo ya más adelante. No puedo porque así lo hemos acordado, me ha dicho, porque quiere recordarle antes de que vaya a peor. A mí se me ha olvidado el enfado al momento y he sentido que el abrazo que me daba esa mujer extraña resultaba lo más natural y hasta lo más obvio y no me hubiera molestado que lo alargase unos minutos. Le he ofrecido un café o un vaso de agua o algo más contundente: un rato a solas; pero a todo me ha dicho que no con una familiaridad por la que he sentido ganas de pedirle de nuevo perdón. Llevo un rato con ganas de pedirle perdón a todo el mundo y esa sensación me descoloca. Carmen no da más que las gracias.

—Gracias a usted —le he dicho al despedirla en la puerta—. Y si se arrepiente y le apetece volver, vuelva. A mi padre no le queda mucho.

He dicho algo que ha hecho parar el tiempo. Carmen me ha mirado como si se le abriese un abismo y me ha querido decir algo que no me ha dicho. Me ha apretado la mano y ha dado media vuelta.

Yo me he quedado con ganas de pedirle que no me dejara así y me dijera lo que fuera, pero no me he atrevido a más mientras ella enfilaba la calle con prisas.

Al subir, he visto a mi padre abatido, a punto de dormirse de pura satisfacción. He querido pedirle una explicación y, en vez de eso, he devuelto el crucifijo a su sitio, junto a la foto de la boda. Me he sentado a su lado y me he callado sin juzgar. Supongo que voy aprendiendo. Javier le tiene puesta la radio y está jugando su equipo, así que me meto en la retransmisión y me imagino que estoy en la grada, como una espectadora que mira.

Mi padre, según veo ahora, ha tenido a la vejez una historia con alguien a quien acabo de conocer y ha escogido no contármelo. Se supone que debo hacer como si nada. Ni sé quién es Carmen ni sé si hubo otras. Lo que sé es que mi padre bromeaba con que ser viudo te vuelve más sugerente y yo nunca reparé en que lo pudiera estar diciendo de manera literal. Lo que tuviera que contar se lo ha contado antes a Javier que a mí, y no creo que tenga que ver con que ellos sean hombres y yo mujer. Igual sí, no lo sé. De hecho, sí lo sé. Es más, estoy convencida. Me duele y no quiero, pero no sé ahogar el reproche. No quiero que me duela porque, para ser sincera, yo le he ocultado a mi padre cosas mías y eso me resta autoridad para ponerme así de exigente, pero nadie ha dicho que se precise ser justa para exigir justicia a los demás. No habría justicia en el mundo, entonces, y quizá por eso nunca la haya por completo.

Yo le he ocultado a mi padre que después de mi exmarido vinieron varios a los que usé o que me usaron. Y no se trata de que su silencio me ofenda, sino que expone la realidad de mi relación con mi padre de manera demasiado honesta: yo creí que, a cambio de contarle y callarme lo que se me antojara, mi padre estaba en la obligación de contármelo todo. Creí que los padres no tienen derecho a guardar secretos de esa ralea porque, a veces, se puede ir por la vida con miras tan cortas como las mías. Se puede, incluso, dedicarse a intrascendencias como estas en un momento como este, si lo importante es que se muere, no que tuviera un lío. Estoy aprendiendo que no hace falta que lo entienda todo, menos aún a los demás, y que se vive mejor cuando comprendes que no todas las cosas, sobre todo las que duelen, tienen una explicación o una explicación que tenga que ver contigo.

Me he acercado a darle un beso creyendo que ya dormía y él, despierto, me lo ha agradecido con los ojos.

Hablo, y así no pienso más:

—Visitas así bien valen la pena —le digo.

Ensayo una mirada pícara, pero me sale mal. Me esmero en no quejarme por nada y, cuanto más lo hago, más me sale un reproche o algo que se le asemeja.

—No me habías hablado de Carmen.

Mi padre me ha dado la mano y me ha pedido que avisara a Javier y le dejara un rato solo, con él. Me intriga, pero me aguanto.

—¿Estás seguro?

—Lo estoy.

Hago subir a Javier y les dejo solos. Pasa una hora larga, o a mí se me hace larga.

Al acabar, quizá por lástima, Javier se ha decidido a contarme lo que mi padre le ha pedido. Ha querido que Javier lo levantara y lo pusiera de pie frente al espejo. Ha hecho por aguantarse derecho apoyado en un bastón, al límite de su fuerza. Le ha pedido que le fuera quitando la ropa y lo dejase en calzoncillos ante su propia imagen, que quería ver. Se ha detenido a mirarse los labios mordidos y los pómulos, que llenaba de aire para que recobrasen su forma. Se ha palpado el mentón y su cara de huesos y ha querido acercarse para verse la nariz. Se ha llevado la mano al pelo y lo ha repasado de un lado a otro. Se ha entretenido en los pliegues que la piel le forma en los brazos y en el abdomen, que esperaba flácido y ha encontrado hinchado en un contraste grotesco con la flaqueza de sus piernas, que parece mentira que aún puedan sostener un cuerpo.

Dice Javier que le ha llevado un tiempo mirarse palmo a palmo. Dice que, después, le ha pedido que le quitase también los calzoncillos, que lo dejara desnudo frente a sí mismo y así, en silencio, ha aguantado el tiempo que Javier no pensaba que sus piernas aguantarían.

Todo lo relevante que ha ocurrido en mi casa esta tarde se explica en dos silencios largos, cargados de todo: el de mi padre con Carmen y el de mi padre ante sí. Le he preguntado a Javier si cree que ha sido un arrebato de la enfermedad. Dice que no, que mi padre era dueño de cada instante.

—Papá, ¿y tú no tienes ningún sueño?

A mi padre yo le he llamado padre buena parte de mi vida: padre a secas. Se lo seguí llamando cuando murió mi madre y nos quedamos solos. De aquellas, no le cambió mucho el humor, pero al decirlo así me doy cuenta de que eso solo podría decirlo una niña mimada o malcriada que mirase solo por ella o por la que miraban tanto que no caía en que su padre buscó refugio en los libros para no buscarse otra vida: una vida de verdad. Mi padre se evitó la posibilidad de conocer realidades distintas a las que conoció con mi madre y trató de no hacer nunca algo que antes no hubiera hecho con ella. Visto desde fuera quizá parezca una proeza romántica. A mí me parece una cárcel y una forma de resignación, tan presentista que dice que es: no se puede apreciar el presente y sentir ese tipo de amor que convierte la vida en renuncia. Esto lo sostengo con esta naturalidad después de haberme enfadado con Carmen por hacerme ver que mi padre no iba a ser toda la vida y para siempre el marido de mi madre muerta.

Lo de llamarlo papá me ha salido de mayor, cuando empezó a ir de médicos y me decía que no le decían gran cosa, más que pedirle pruebas nuevas. Al llamarlo a diario y al frecuentarlo más el roce me debió de empujar a dejar el padre en papá y ya me parece extraño llamarlo de otra manera porque él, enfermo, se me hace otra clase de padre, lo mismo que yo me tengo por otra clase de hija.

—Algún sueño tendrás, papá.

Mi padre querría ir a Roma otra vez. Lo suelta a la que puede, porque sabe que no va a poder. En ocasiones, lo comenta dos veces seguidas porque no se oye o porque no se acuerda. Si ve que se repite reacciona igual que los niños cuando ocultan sus trastadas, y habla rápido para que nadie lo note. Él sabe que se ha quedado sin viajes, y asumir eso no es fácil en ninguna circunstancia, menos aún en la de estar muriéndose. No ha de ser fácil de asumir sin ponerte a gritar que tú que has vivido a bordo de un tren y has hecho miles de kilómetros no vayas a conocer más mundo: que eso que has visto es lo que hay. Será por eso que, en vez de soñar con un lugar distinto, él se empeña en regresar a Roma. Es poco original, pero esa ciudad para él es una idea antes que un lugar, que es lo que supongo que pasa en general con todos los sitios que importan. Diría incluso que Roma es su excepción: el recuerdo que no le importa romantizar porque, si piensa en ella, se piensa como Marcello Mastroianni.

Me he sentado en la cama con él y he puesto en la tableta uno de esos programas de viajes que te llevan en una hora a todas partes y nos hemos imaginado en las calles del centro y del Trastévere, suponiendo lo que nos habría costado desayunar y comer y cenar en esos sitios que salían en la tele, lo bien que lo habríamos pasado escogiendo hotel y a la greña con otros turistas. Hemos estado de viaje sin salir del cuarto y hasta hemos comprobado lo mal que se nos da el italiano. Yo voy poniéndole a todo palabras y no dejo que nada se dé por supuesto, así que le pregunto que si se imagina el sabor de la pasta o si se imagina lo agradable que resultaría un paseo a orillas del Tíber y si llega a notar cómo se escurre el aire entre esos pinos de copas tan altas que se ven en las siete colinas. Le hago explícito cada tópico porque temo que mi padre se olvide de esto antes de que acabe el programa. Me hago fuerte con las palabras y él tiene la paciencia de soportarme. Luego le incorporo y, puestos a viajar, nos pongo mirando al balcón, como si fuera el velador de una de las terrazas de París, y le digo que no puede ser tanta la diferencia entre estar aquí los dos y echar la tarde viendo pasar a la gente por el bulevar Voltaire o por Montmartre, que la esencia es la misma y el paisaje es lo de menos. Hazte a la idea de que esos adosados de allí son los tejados parisinos de los Campos Elíseos.

—Ya todo a lo que puedo aspirar es a eso, a hacerme una idea.

Tiene dicho mi padre que ahora es un hombre que se resigna, y no podría contradecirle.

—Imaginemos —dice.

Hemos llegado al punto en que no sé bien por dónde va a salir, si por la sorna del humor negro o por un comentario de profundidad. Mi padre tiene presente que puede morirse en cualquier momento, quizá en los siguientes minutos, y eso le hace hablar en epitafios por si lo que vaya a decir sea lo último que dice. Más que hablar, desperdiga frases célebres temeroso de la posteridad. La intención es loable, pero el resultado no deja de ser cómico porque, en lugar de confesar que le gustaría asomarse a la ventana, dice que tiene ansias de libertad; y dan ganas de sacarlo a la calle y de comprarse un coche de los que anuncian en la radio. O, si le digo que voy a salir a la compra, me responde que está orgulloso de esta familia que formamos. Le pregunto, por quitarle hierro, si le apetecen tomates y lechuga para una ensalada, que hoy no será el día que se muera, y le saco una sonrisa por la que parece por un instante que la vida sea como siempre.

Lo que peor lleva es no ser consciente de que se le va el hilo. Son todavía chispazos de los que logra volver, pero a menudo mi padre se extravía en una maraña de incongruencias que se saca de encima con las manos. Literalmente con las manos: las mueve y se las lleva a la boca como si quisiera desenredar el hilo de las palabras. Javier me dice que lo ignore cuando le pase y que le siga el juego porque, en la fase en la que está, volverá en sí. Me dice que es como una lámpara que se desenchufa, y me espanta pensar que la mente de mi padre se explica igual que el mecanismo de una lámpara. A mí me resulta muy difícil ignorarle y fingirme sorda porque es mi padre, así que lo que suelo hacer si se pierde es perderme con él y tratar de arrimarle a la orilla con mi conversación. Ocurre que él vuelve en sí sin avisar y a mí me pilla aún divagando, por lo que, cuando recobra el norte, me mira pensando que esta enfermedad suya se me está llevando a mí también. Tienes que salir más, me dice. También me dice:

—¿Sabes? Me gusta imaginar mi funeral.

—Papá...

Se pone a enumerar lo que tiene pensado como quien lee las instrucciones para montar una lámpara.

—Bueno, habrá que pensar en eso también. Quiero una mortaja moderna. ¿Tenías pensado algo?

—La verdad es que no. ¿Debería?

—No hacerlo sería una imprudencia.

—Pues no sé. Lo normal, supongo. Ni mucho color ni mucho negro.

—Pregúntale a Carmen por el traje que dice que le gusta tanto. En mi armario lo encontrarás. Me pones, por supuesto, un calcetín de cada color, como los llevo en los días grandes, y que queden bien a la vista. Y si murmuran, que murmuren. De hecho, procura que murmuren. En tu corona de flores o ramo o lo que sea no pongas nada de tu hija agradecida. Pon algo que la gente no entienda. Dame el gusto de una última intriga. Y en la esquela escribes la frase del libro que más te guste.

—Hombre, esa me la tendrías que proponer tú.

—Ni hablar. Pones la que a ti de parezca, que algo vas a tener que decidir tú. Me incineras. Y con las cenizas haces lo que te dé la gana. En casa no me vayas a dejar, eso sí te lo pido, que no quiero acabar metido en un jarrón. Ah, y nada de descanse en paz ni que la tierra te sea leve. Un adiós sin tópicos. Y con música. Con soul y jazz.

—Y Los Chichos.

—¿Los Chichos?

—¡Me los pediste tú!

—Pues venga, también Los Chichos. Y, entre canción y canción, ¿ya has pensado lo que vas a decir?

—Todavía no. ¿Quieres que diga algo concreto?

—Nada que no me hayas dicho antes.

—Hombre…

—A ver si vas a decirme lo más bonito cuando ya no te pueda escuchar.

—Ahora no te lo voy a decir, no me quieras provocar.

—Mejor que pases vergüenza ahora que luego te arrepientas de no haberme dicho lo que querías.

—Es que yo creo que ya te lo he dicho todo. Será solo ponerlo en orden.

—Tienes que decir que me querías mucho, que fui el mejor padre que pudiste tener y que esperas que te haya dejado una buena herencia.

—¿Cómo que una buena herencia? ¡Espero la herencia entera!

—(…)

—¡Papá! A ver si tengo que preocuparme por Carmen más de la cuenta…

—¡No digas sandeces, hija! Ella está conmigo por mi físico, no por mi dinero.

Mi padre ríe y me hace reír. A mi padre, más que tristeza, se le nota una especie de bienestar por estar haciendo bien las cosas. Quizá eso sea la plenitud de la que habla tanto y por la que se ríe: sentirse así.

—A ver si esto va a ser al revés —le digo—. Que te vas a morir tú sin decirme a mí todo lo que me tengas que decir en vida.

—Yo también te he dicho lo que te tenía que decir. Creo.

—Salvo la parte de que tienes novia y no lo sé.

Ahí está otra vez el reproche, pero como se me cae entre indirectas parece otra cosa. Hasta un cariño, parece.

—¿Cómo que novia? Eso es mucho decir. Carmen es una amiga…

—Pero querría ser algo más.

—Pues sí, hija. Y yo que lo fuera. Pero no tiene ningún sentido: ¿cómo va a tener una relación con alguien que se muere?

—Pues si ella quiere y a ti te hace feliz, ¿por qué se lo vas a negar?

—Por ahorrarle el trance, porque no se lo merece. Porque estar aquí ahora es aguantar a un viejo que se apaga, y a ti no te queda más remedio.

Pero ella no tiene ninguna necesidad. Y, ¿sabes?, es bonito vivir también en lo que podría haber sido. Tiene que quedar siempre algo pendiente.

—Y todo eso, ¿por qué no me lo habías dicho antes?

—¡Qué se yo! Vergüenza, pudor. Por no querer importunarte. Mil cosas.

—¿Pero nunca te planteaste decírmelo? ¿Ni cuando supiste el diagnóstico?

—No. Ahí me planteé dejar de vernos porque esto es lo que quería ahorrarle. Y, entonces, ya no tenía sentido decirte nada.

—¿Y dónde querrás que la siente en el funeral? ¿Conmigo?

—No querrás estar sola.

—Pues a ver qué hacemos…

—Si te parece, yo no voy a entrar en los detalles de cómo se sienta el personal en mi despedida. Bastante es que me asegures que habrá la música que tiene que haber, que será breve y que no me dirás nada que no me hayas dicho ya.

—Todo eso te lo puedo asegurar.

—¿Y leerás algo?

—Leeré algo.

—¿De qué libro?

—No sé.

—No me digas que es sorpresa. Tú tranquila, que yo soy una tumba.

—¡Papá! Había pensado en coger varias de las frases que tienes subrayadas y leerlas todas juntas. Las que más me gusten.

—Me parece estupendo. ¿Y foto?

—¿Foto?

—Sí, ¿qué foto mía vas a poner en grande?

—¿Quieres una foto tuya en grande?

—¿Tú no sabes que del ego no se sale? De eso no se enferma. Una bien grande, quiero.

—Pues no lo sé, la que tenga.

—Venga, coge mi móvil.

—¿Ahora?

—¡Claro! Sácanos a los dos.

—¿Seguro?

—Segurísimo. Aquí, contigo. Lo que salga estará bien.

—Hombre, papá. Quizá es mejor una en que estés más joven.

—En que no esté enfermo, quieres decir.

—Pues sí, en que no estés enfermo, en que seas más tú.

—¿Te das cuenta de lo que dices?

—Quiero decir…

—Quieres decir lo que has dicho, y estás en lo cierto. Este soy yo, pero este ya no nos sirve. Anda, echa la foto y me enseñas cómo queda.

Hago la foto. Salimos bien: sonriendo.

—Tienes razón: pon una de cuando era joven.

Ríe. Hago otra. Salimos riendo.

—Esto es lo que nos va a quedar —me dice—. Las risas.

Será verdad que la risa es lo último que puede hacerse cuando ya no se puede hacer más. Una risa irónica que, a tiempo, es revolucionaria. Nos quedará este rato y esas fotos, que no son ni siquiera las risas: es la alegría.

—De todas las cosas que te haya podido enseñar, es bonito que te quede esta, que nos quedarán las risas y estos ratos que, en realidad, no son de nada.

—Me has enseñado muchas otras. Me has enseñado una manera de ser. A saber pronto lo que estaba bien y lo que estaba mal, que es lo más difícil de enseñar sin imponerlo. Me enseñaste un sentido del deber y de la justicia con el que se puede convivir.

—¿Eso he hecho?

—Eso has hecho incluso cuando no te dabas cuenta y me mirabas contento si me indignaban algunas conductas, cuando me animabas a rebelarme o a protestar. Esas cosas te debo: una infancia feliz y una adolescencia tranquila pese a haber perdido a mi madre. El costoso aprendizaje de quitarle trascendencia a lo que no lo merece. Y a ir en bicicleta también.

—Me acuerdo de eso. Me acuerdo de las veces que te caías, Carmen.

Hago un silencio.

—No soy Carmen, papá. Soy yo.

—Eres tú, claro. Pues claro que eres tú, hija.

Claro que eres tú, me dice. Y como si estuviera de nuevo frente al espejo, hablándose a sí mismo, me lo vuelve a decir: no me dejes llegar a más. Es hora de acabar con esto y de que tú me entiendas.

Mi temor es que me lo fuera a pedir en el momento en que más le doliera la enfermedad o más desesperado estuviera. Pero ha sido en un instante de paz, justo al darse cuenta de que empieza a perder el control de su cabeza, cuando mi padre me lo ha pedido una segunda vez.

Ha cerrado los ojos y se ha dormido.

Me he abstraído mirando su teléfono y he visto que no hay nada más que esas fotos que acabo de echar. Mi padre ha borrado lo demás: el resto de su galería, los vídeos y los mensajes. Tampoco hay notas de texto, donde suele escribirse la lista de los libros pendientes o la lista de la compra. Las listas, en fin, que son para él un género en sí mismo. Lo único que hay en el móvil son los contactos y ni siquiera están todos, porque mi padre se ha entretenido en hacer un proceso parecido al de los concursos de la tele en los que, al final, solo quedan los mejores. Apenas conserva una veintena de nombres en la agenda.

—Muchos me parecen —me dice cuando despierta.

Quizá no es buena idea sacarle el tema recién despierto y, más que eso, cuando lo último que me ha dicho antes de ponerse a dormir es que quiere que le ayude a morirse. Pero yo necesito la cháchara para que no me lo pida una tercera vez y, además, tengo una curiosidad sincera por saber por qué ha borrado su teléfono, que es como borrar el arcón que mejor nos explica. En realidad, lo que quiero es comprobar si es capaz de sostener todavía una conversación larga. No le hables como si fuera un enfermo, me tiene dicho Javier. No le recuerdes que está enfermo, me dice. Eso hago: le reto para que aguante. Y mi padre se ve aún con fuerzas.

—¿Para qué me servían los mensajes? Si me voy a morir...

—Pues para tenerlos ahí.

—¿Y para qué?

—Pues porque todavía no te has muerto. Y puedes repasar lo que te mandan o evadirte o reírte. Distraerte, vaya.

—No me apetece distraerme mucho ya. Además, esos mensajes eran míos. Si yo no estoy, no tienen mucho sentido.

Yo sé que esos mensajes eran suyos y que forman parte de él, porque en esos mensajes delatamos lo que nos negamos. Ahí están nuestras contradicciones y lo que nunca diríamos en alto. Eso, lo que más: lo que, al compartir con alguien en concreto, no compartiríamos con nadie. Supongo que por eso le insisto.

—¡Pues sí que tienes cosas que esconder! —le digo como si yo no tuviera las mías.

—No se trata de que tenga cosas que esconder: se trata de que es mi vida y se irá conmigo. ¿Para qué quieres tú ponerte a leer ahora lo que me haya dicho yo con unos o con otros?

—Pero no te lo digo por lo que yo pueda leer, te lo digo porque ahí están tus recuerdos.

—¿Y para qué los quiero si me muero?

—Para que se queden.

—Para que los veas tú, quieres decir.

—O sea que es eso: que no quieres que yo lea tus mensajes.

—Pues en parte sí, claro. Es eso. ¿Me dejarías a mí leer a pelo tu teléfono, sin repasarlo antes?

—¡Claro que sí!

—No me mientas, que eso está muy feo. Si te ha sorprendido así que no haya nada es porque has ido a mirar. Porque, una vez que ya no esté, querrás mirar. La naturaleza humana nos hace entrometidos.

—No es por entrometerme, papá.

—No creo que sea para investigar, hija. Lo que quieres saber es lo que yo me mandaba con la gente, lo que haya dicho de ti y de cualquiera sin que yo pueda explicar nada.

—¿Tan mal hablas de mí?

—¿Ves? Eso es lo que no me gusta. Yo soy esto que te digo. Eso que tanto me dices: las notas que dejo en los libros y las cosas que subrayo. Eso es lo que importa. Lo que yo haya escrito en el teléfono forma parte de mí y conmigo se tiene que ir. Mira si le doy importancia que lo he borrado entero.

—Pero es una buena manera de conocerte, de saber más de ti.

—¿Más? Soy tu padre y todo lo que tengo que decirte te lo he dicho. Es más: todo lo importante que te haya podido decir por teléfono, que no sé cuánto será, te lo he mandado a ti. He borrado mis mensajes, pero no los que te hayas guardado tú. Cada persona podrá tener ese recuerdo de mí: el que quiera tener.

Mi padre saca ahora la lucidez que tuvo la tarde en que Carmen se presentó en casa e intuyo que estamos hablando de Carmen sin mencionarla, que no le apetece que yo rastree su historia. Mi padre habla con energía, aunque se ahoga, y apenas se mueve sin que le duela algo. Ya tiene casi tantos ratos lúcido como desorientado y por eso le estiro la discusión. Por eso y porque me molesta su desconfianza. Así que no me arredro y sigo y le pongo a prueba porque echo de menos al hombre que tengo delante, que a veces es él y a veces es el otro, el que lo mata, sin avisar siquiera de la transición. Habla conmigo como si fuera el hombre que me crio y, en un arrebato, se hunde en un dolor que le deja sin habla o le hace creerse otro hombre, uno que no se conoce ni nos conoce a los demás. A qué hora sale el tren, me ha dicho antes. Luego, puede llamarme Carmen o puede llamarme cualquier cosa. Ha llegado a insultarme, y ahí sí que se me abrió el suelo. Eso no lo esperé. Por suerte estaba en el cuarto Javier, que puso su mano en mi espalda como si fuera a desbloquearme o a darme cuerda y que, solo con ese gesto, me enseñó por qué hacerse la sorda no es falta de educación, sino un aprendizaje. Hay que verse en esas para comprobar que quien está ahí ya no es mi padre, sino que es él un rato y luego es un tipo que me miente sin ser consciente de que me engaña. A mí me toca verlo sin entenderlo, hora a hora, pegada a esta cama en la que no sé hacer nada más que lo que hago y donde noto que la impotencia es una sensación concreta y tangible igual que un dolor de tripa o de cabeza, que siento en la boca del estómago y que me da ganas de llorar. Pero no lloro, porque el que se muere es él. No yo. Yo aguanto aquí hasta que mi padre vuelve en sí y me alegro de que todavía vuelva. Me acostumbro a esta rueda por la que lo mismo viene de pedirme que le ayude a morirse que me dice que va a vestirse para que salgamos a la alameda grande. Le hablo, del móvil o de lo que surja, para que no pierda el hilo de las palabras y pienso que he tenido una gran suerte de poderlo despedir como lo despido. Me digo que hay algo de suerte en que en estas semanas nos hayamos conocido mejor y que, en todo lo malo, supongo que debe de haber algo bueno que no veo ahora o que no sé ver. Me doy cierta pena por decírmelo, por preferir este conformismo tan simple en vez de indignarme por la rabia de verlo morir. Me

196

digo también que habría sido mejor un derrepente, que se muriera de pronto. Supongo, en fin, que de esta voy a salir más cruel, o sea, más madura.

Yo alargo, en todo caso. Yo no quiero que se acabe. Ni él tampoco. Y retomo:

—Que yo pueda leer tu móvil cuando ya no estés es lo mismo que cuando encontrábamos cartas viejas que se mandaban los abuelos y nos poníamos a leerlas. Eso no te parecía mal.

—No es lo mismo.

—Sí lo es.

—Pues estaba igual de mal. Hay intimidades que deben quedar para uno.

—Pero si estarás muerto, ¿qué te importa?

—Todo me importa.

—No entiendo tanta desconfianza y tanto secretismo.

—Por supuesto que lo entiendes, lo que te enerva es que te vas a quedar sin ver la parte de mí que no te quiero enseñar. No se trata ni de secretismo ni de desconfianza, se trata de que ya he dicho lo que tenía que decir y a nadie le interesa saber lo que me traía entre manos. Seas tú o sea quien sea.

—Leer tus mensajes era una manera de recordarte y de conocerte más.

—Me conoces como una hija ha de conocer a su padre. Ni más ni menos. No sé si me convence el reflejo de la persona que puedo parecer que sea leyendo lo que he escrito en conversaciones desperdigadas. Prefiero que eso no lo decidas tú. Ahí están los deseos y las miserias de un hombre corriente, pero yo para ti no lo soy.

—¿No lo eres?

—Soy todo menos eso. Soy tu padre. Nosotros no somos amigos ni colegas ni compañeros de trabajo. Somos una categoría distinta.

—¿Una categoría?

—Eso es, una categoría: padre e hija. Y nuestra relación no se basa en que sepamos cada detalle de nuestras relaciones con los demás.

—¿Nuestros secretos, quieres decir?

—Las cosas que no hace falta que sepamos el uno del otro, diría, y por las que, déjame decirte, yo ni te pregunto a ti. Y eso no quiere decir que nos tengamos menos. Nos tenemos distinto: como se tienen un padre y una hija. Nosotros, que nos conocemos como se conocen los padres y los hijos, no tenemos la obligación de conocemos a ciertas horas.

Vuelvo a pensar que mi padre ha guardado su mayor lucidez para el final, cuando ya no le importan las repercusiones de lo que pueda decir. Si es eso, es una pena tener que morirse para alcanzar una honestidad que permite hablar sin corsés. Le miro y siento orgullo de él. Lo pienso otra vez: mi padre ha sido una manera de ser.

—Me ejercitas la cabeza —me dice.

—Si el secreto es ponerte de mala leche, estoy dispuesta.

Sonríe.

Eso no lo ha perdido. Me propone que, puestos a hablar del móvil, pensemos en el mensaje con el que anunciaré que se ha muerto el día que se muera. No me resisto a hacerlo porque sé que me lo está pidiendo en serio y porque la ironía también es esto: una actitud. Pues no sé, le digo. Yo pondría un ya está, que a él le parece frío y poca cosa. Él quiere algo que sea solemne sin ser muy formal y yo no sé cómo se traduce eso en palabras.

Ahora me arrepiento. Por nada del mundo habría preferido que se muriera de repente y sin avisar.

Viene Javier a contarme los ratos que yo me haya podido perder en este tiempo. Me cuenta del día en que se presentaron los amigos de mi padre después de asegurarse de que yo ni iba a estar en casa ni tenía previsto presentarme sin aviso. Cuenta que mi padre le hizo prometer confidencialidad y que él se la prometió pero, por si acaso, cruzó los dedos de los pies, porque cuando te piden algo así nadie puede descartar que vaya a estar en juego tu sueldo o tu integridad. Dice Javier que uno de los amigos, cree que el mayor de todos, le dijo a mi padre que ellos habían ido para cumplirle el deseo que no se hubiera atrevido a pedir y que fuera pensando si había algo que ellos le podían brindar como despedida. Hagamos la última, le dijeron.

—¿La última qué? —le pregunto a Javier.

—Pues la última. No sé. Lo dijeron así. La última.

La última, como si fueran un grupo de leyenda ante su concierto de despedida. Dice Javier que mi padre, que estaba en mejores condiciones que ahora, no supo qué contestar y la cuadrilla empezó a lanzarle ideas mientras daban vueltas alrededor de su cama. Ocurre que, en vez de proponer ideas para mi padre, le soltaban los deseos que ansiaban para sí mismos y la mayoría de ellos, dice Javier, tenían que ver con el sexo. Mi padre, sin embargo, ya era muy realista con las facultades que le quedaban en vigor y con la necesidad de no andar perdiendo el tiempo.

—Tiene que ser algo que podamos cumplir —le dijo uno.

—Un viaje no puede ser y para cenas ya no estoy…

—Algo habrá.

Plantearon opciones románticas, pero las descartó. Dijeron de llevarle a ver un partido aunque, por la época, no había ninguna competición en marcha ni estaba claro que él pudiera aguantarlo. Propusieron traer a la casa a alguno de sus escritores favoritos para que le hablara de libros, pero mi padre alegó que la mayoría de sus escritores favoritos estaban ya muertos.

De pronto, salió por donde menos se lo esperaban.

—Pues mirad —respondió mi padre—. Algo que no he hecho nunca es fumarme un porro, pero no sé si eso cuenta.

—¿Cómo que no te has fumado nunca un porro? —parece que le dijo otro entre la incredulidad y la recriminación.

—Así como lo oyes.

Hubo entonces un pequeño debate, porque algunos consideraron que eso no podía entenderse como una última voluntad y que uno no podía llegar al final de sus días para acabar pidiendo un porro, comentario que ofendió a mi padre, que siempre ha sido de valorar lo más mundano. Otro manifestó que eso era una decepción como último deseo, pero mi padre les hizo ver que no le habían dejado margen para meditar sus opciones y que si se trataba de hacerle vivir algo que aún no hubiera vivido aquello le generaba cierta curiosidad y se podía improvisar sin armar mucho jaleo.

En realidad, la operación resultó ser más compleja de lo que parecía, porque los primeros planes de la cuadrilla fueron saliendo mal. El amigo que ofendió a mi padre, el que dijo que aquello era un insulto como último deseo, trató de redimirse y bajó al consultorio para pedir que le recetaran droga contra el dolor.

—¿Y qué es lo que le duele tanto de pronto? —le preguntó el doctor.

El amigo de mi padre, que quizá no fuera el más sagaz, no había contemplado que el médico le fuera a esperar con preguntas. Se puso tenso sobre la silla y, muy serio, le dijo: me duele la espalda. Pudo haber dicho cualquier otra parte e incluso un órgano rebuscado, como ocurría a veces. A veces se presentaba gente en la consulta y se quejaba del bazo o del páncreas y se señalaban la parte del cuerpo donde pensaban que tenían el bazo o el páncreas. El amigo de mi padre, por no señalar de más, dijo la espalda. El médico se la toqueteó con sus diez dedos y le pidió que se fuera por donde había llegado. Le recomendó que tomara paracetamol y le aclaró que, por prisa que tuviera, las urgencias médicas no estaban para ese tipo de dolores fútiles. A la salida, y con la derrota escrita en la cara, ese mismo amigo se acercó al enfermero del centro de salud a preguntarle si no había cannabis que le pudiera prestar con el compromiso de devolverlo a las veinticuatro horas, pero obtuvo los mismos reparos. Es para un amigo, le confesó, en una de las escasas veces en que esa frase era cierta.

De nuevo en la habitación, los amigos se volvieron hacia Javier para preguntarle si no sabía de nadie que les pudiera pasar la mercancía. Lo dijeron, según Javier, en esos mismos términos: pasar la mercancía. Dijeron más, incluso: que como él era joven a alguien debía de conocer. Javier les dio el disgusto de negarles su prejuicio y mi padre, entre risas, les pidió que lo dejaran estar, sin percatarse de que ya no era algo que tuviera que ver con él, sino con el orgullo de los demás. Urdieron un nuevo plan en la habitación y dos de los amigos fueron a la playa porque, a sus ojos, la playa estaba llena de droga. Al cabo, es lo que ellos decían en sus charlas diarias, que estaba llena de droga. Resultó que, al ponerse a buscarla, no sabían dónde encontrarla. Hubo un momento en que temieron que acabarían a golpes, cuando una pareja de jóvenes se molestó porque hubieran dado por hecho por su vestimenta que llevaban encima marihuana. Dice Javier que mi padre iba a carcajadas según le iban contando el resultado de sus pesquisas, hasta que llamaron a la puerta de casa. Por un momento temieron que fuera la policía, en busca de los ancianos que andaban por la playa buscando droga. Era el enfermero del centro de salud, que pidió pasar para ver el estado en el que estaba mi padre. Se hizo un silencio de extrañeza, porque nadie le había hablado de mi padre ni le había dado su dirección. El chico los saludó a todos y sacó del bolsillo de su chaqueta el cannabis que buscaban. Ninguno supo qué decir. Le lio un porro a mi padre, que parece que se lo fumó con gusto, delante de todo el mundo. Los amigos le iban preguntando qué tal, qué sientes. Y mi padre callaba. Mi padre, dice Javier, se durmió antes de acabar de fumárselo entero y, cuando despertó, se dijo mareado pero de buen humor, de un humor distinto.

—Te tuviste que dar cuenta cuando volviste, porque aún tenía los ojos rojos —me dice Javier.

—No me fijé.

—Antes de que me preguntes cómo supo ese chico dónde vivía tu padre y para qué quería la droga aquel viejo que bajó al médico, te diré que ese chico es mi chico. Y por eso sabía la historia. Te lo cuento porque me parecía que contártelo era lo más honesto.

—Pues yo te lo agradezco mucho, Javier. Y que me lo hayas contado también.

Ha sido al ir a abrir cuando las he oído por primera vez, aunque hubieran estado ahí desde el principio, igual que esas sillas y esa tapicería en la que me fijo ahora como si fuera nueva. Yo llevo tiempo sin fijarme en nada porque mi tiempo se ha reducido a pensar en si mi padre acabará la semana y en si seré capaz de matarle. A lo demás, que lo era todo, he aprendido a darle una importancia relativa, casi irónica. A los amigos les contesto por teléfono con lo justo para no desengancharme de una vida a la que habré de volver por mucho que tampoco la eche de menos, porque yo estoy en esto y esto es lo que hay. Una amiga me pide que no esté triste —me lo pide así, sin ruborizarse: tú no estés triste— y me dice que esto es pasarlo igual que si fuera un sarampión, y entonces me acuerdo de lo que repite mi padre: que si todo pasa nada importa y que nada importa más que esto de ahora. Tengo la tentación de explicarle a mi amiga lo que es el presentismo y en cambio le doy las gracias y le contesto que tiene razón, que ya pasará. Me digo que madurar no consiste en solo ser más cruel y más cruda, sino que también debe de ser dejar de perder el tiempo. Quizá sea lo mismo, pero visto de otra manera.

Ha sido al abrir, en el pequeño tramo que va de su habitación a la puerta de la entrada, cuando me he dado cuenta de la cantidad de objetos que, de tan vistos, no veía, como esa foto que amarillea en la que se le ve a él subido a un tren y a mí subida a él y he percibido al mirarla un espasmo que me ha hecho subir a la carrera por ver si es que mi padre se había muerto y me estaba avisando de espíritu, con una especie de señal a lo lejos que le evitara despedirse cara a cara. No es el caso: mi padre respira y deja que Javier le alargue el baño en una paz que le envidio y que me devuelve a mí la calma para bajar los peldaños de uno en uno y asomarme a la calle con la atención suficiente para oír por primera vez a las chicharras, que celebran con un volumen histérico el sol que las baña con todo el fuego de agosto. Me han tenido absorta en su estruendo, haciéndome notar la escasa distancia que separa el calor y la locura y la de gentes que habrán dicho que se volvieron locas cuando podrían haber atribuido la culpa a este calor del infierno. Me he acordado de *El extranjero*, claro, pero no llevaba pistola. En esas, Carmen me ha pedido que hiciera el favor de apartarme y que la dejara pasar a la sombra. Me ha pedido también un vaso de agua fresca.

Dudé de que fuera a venir, pero ha venido. Se ha presentado aturdida por el calor, pero con una serenidad de ánimo de la que fue incapaz la última vez, que para mí fue la primera. La trato con la confianza que me dio haberla visto en la intimidad de un momento tan frágil al que solo le cabían las verdades, cuando se acercó temblando a mi padre y le supo decir que no estuviera triste haciendo que, dicho así y en ese instante, esa frase tan hueca resonara como lo único útil y desprovisto de cinismo que se le pudiera decir a mi padre. Se lo dijo con tanta eficacia que mi padre no tuvo más remedio que obedecerla de una manera resuelta y feliz.

No sé quién es Carmen y en cambio nada de ella me extraña, y me pregunto si tiene conmigo una sensación parecida a la que tengo yo con ella. Estoy por preguntárselo y no me atrevo porque, en realidad, no tengo claro lo que le quiero preguntar ni si quiero saber algo en concreto. Le he pedido que viniera por el impulso de mi curiosidad, y ella ha venido por el impulso de la suya, e igual de lo que se trata es de que ensayemos qué tal se nos podría dar lo de acompañarnos. A fin de cuentas, entre los tránsitos a los que nos vamos a enfrentar está también este tan obvio que no mencionamos nunca: prepararnos para nuestras inminentes condiciones de viuda y de huérfana. Eso, de todos modos, no se lo voy a mencionar ni espero que ella me lo miente a mí tampoco, no vaya a ser que en esta primera cita se confunda la franqueza con el desaire. A mí lo que me sale en realidad es preguntarle dónde se conocieron y cuándo y si a ella no le escama igual que a mí que mi padre nunca me haya hablado de lo suyo cuando no tiene razones para habérmelo escondido.

Me callo y me quedo mirando cómo se apura su vaso de agua. Bebe y me sale decirle muy bien, como si hubiera mérito en beberse un vaso de agua. Lo hay: he dedicado las últimas semanas a felicitar a mi padre por cada acto básico que fuera capaz de hacer solo. Llevarse la cuchara a la boca, por ejemplo. Incorporarse. Ir a mear. Beber, por supuesto. Si daba varios pasos seguidos incluso se lo repetía: muy bien, papá, muy bien. Por eso me sale como un resorte y le digo a Carmen que muy bien por su trago y ella no dice nada. Ella ha venido a conocerme, o eso pienso yo, y descubro que a mí me hacía falta sin saberlo: una compañía a la que pueda hablarle del mes que viene sin que resulte descortés.

A Carmen la he citado a mediodía porque es la hora en la que Javier aprovecha para bañar a mi padre y así no se entera de quién entra y quién sale. He tenido que dar con ella a través de la cuadrilla de amigos, que se han sorprendido de que Carmen llegase a venir a visitarlo y que han tardado en contestar mis mensajes porque intuyo que han debatido si darme su contacto o guardárselo. Lo intuyo porque a mí en esta historia nadie me ha querido contar ni mucho ni poco y no me queda más opción que ir a golpe de intuiciones, que es lo que empiezo por decirle a Carmen aun a riesgo de que suene a acusación y esto le pueda parecer un juicio. Pero entiéndame, Carmen, que yo de usted no sabía nada hasta el día que se presentó en mi casa y descubrí que conocía las habitaciones con esa familiaridad. Ella me dice que empiece hablándole de tú, por favor, y que me entiende, que ella ya le advirtió a mi padre de que yo no me merecía que me dejase al margen de lo que se traían, pero mi padre no quiso hacerlo porque eso sería darle a aquella historia suya una importancia que no podría tener nunca. Al final, le dio importancia al ocultarla.

Mi padre ya sabía que estaba enfermo cuando Carmen le propuso que estuvieran juntos y él tuvo claro que no iba a consentir que ella le conociese en su decadencia. Tu padre nunca quiso que fuésemos una pareja de verdad, me dice ella, porque las parejas reales no se apartan cuando se necesitan. Ni de jóvenes ni mucho menos de mayores.

—A mí me toca aceptarlo y resignarme. Tu padre ha decidido quererme de esa manera, que es una manera distinta a como yo lo quiero. No digo que no me quiera. Digo que lo hace de otra forma a como yo lo quiero. Porque yo a tu padre lo quiero y eso tienes que saberlo.

Que le quiere me lo dijo la última vez, aunque puede que no se acuerde porque igual fue uno de esos quereres que se dicen sin reparar en ello, lo mismo que das los buenos días y deseas lo mejor y dices que quieres mucho a la gente porque a ver qué vas a decir. Me da que Carmen ha venido aquí adrede para deshacer ese enredo, aunque en este caso no lo hay: yo tengo decidido que el lugar de esa mujer estará junto al mío en el funeral e intuyo que ella necesitaba aclararme que no es que haya abandonado a mi padre, sino que mi padre no le ha dejado alternativa. Mi padre ha dispuesto despedirse a plazos: primero se ha despedido de ella para que yo pueda despedirme de él.

—¿Y de verdad que no vas a subir a verle?

—No.

Es un no que afirma, con la seguridad de que, de ese no, ella no se va a arrepentir nunca. A mí me da la sensación de que para Carmen mi padre ya está muerto.

Carmen bebe y sigue. Cuenta su historia y contesta a las preguntas que en realidad no le hago. Ella describe y yo parezco haber entrado en un bucle por el que solo digo muy bien. Muy bien, Carmen, le vuelvo a decir. No me noto nerviosa, pero tranquila tampoco.

Relata Carmen cómo se conocieron una tarde en la terraza de una heladería, porque estaban los dos solos, cada uno en una mesa, y empezaron a cruzarse comentarios intrascendentes sobre el helado y sobre el tiempo, una chiquillería. Ella recuerda que mi padre no le pareció ni feo ni guapo: le pareció un señor. Un señor sin adjetivos. Confiesa que, aún ahora, si cierra los ojos y evoca su cara le cuesta reconstruir los detalles porque si uno se fija bien se dará cuenta de que mi padre no tiene detalles. Lo que tenía tu padre, dice —y lo dice en pasado—, es su sonrisa. Tampoco le pone ningún adorno, no dice que sea una sonrisa bonita ni arrebatadora, ni que sea fea o desconfiada. Solo dice que es lo que tiene mi padre, su sonrisa, y yo la entiendo. A fuerza de sonreír, mi padre y Carmen quedaron un día y luego otro y al siguiente se pusieron a dar juntos los paseos de las tardes y, en uno de ellos, mi padre le cogió un dedo y luego la mano entera, y así, en un curso de sobreentendidos, acabaron por tener una relación a la que nunca pusieron nombre porque nunca les hizo falta.

Carmen habla del tirón. Dice que se casó joven y se divorció, que su caso fue sonado por un escándalo que en la actualidad no lo sería y por el que se marchó del pueblo harta de habladurías; que se trasladó a la ciudad y montó su negocio y que, al morir sus padres y quedar vacía la casa de la familia, se instaló donde ahora vive. Que no es la casa de sus sueños, pero por las noches oye el mar y por las ventanas se ve el cielo, para lo que en la ciudad tenía que asomarse. En la ciudad, dice, hay que asomarse para todo.

—Me di cuenta al momento —dice también— de que tu padre ni preguntaba ni juzgaba y eso, más que una virtud, era un milagro.

Le pongo más agua y se la bebe de una.

—Nunca quiso saber ni con quién me casé ni lo que me pasó. Era muy raro: estábamos juntos como si las cosas tuvieran que ser así y punto. Era una inercia que no sabría explicarte. No era estar juntos porque nos fuera bien así, qué va. Había una ilusión.

Carmen sabe de mí que soy abogada, que me licencié con buenas notas y que me quedé sin madre a los catorce. Ella enumera los hechos en ese orden. Dice que soy abogada en primer lugar y que oposité sin éxito y que luego me especialicé en las separaciones y las custodias. Sabe que prefiero el baloncesto al fútbol, que de niña fui pívot y que crecí bien con la ayuda de mis tías, que ya murieron, y que me fui de casa tan pronto como pude. Que quiero a mi padre, aunque mi padre se ha sentido solo y me ha echado de menos. Eso yo lo sé sin necesidad de que venga Carmen a recordármelo y me impacta un poco que ella lo despache con tal sinceridad, porque si me lo dice es porque antes se lo ha dicho él. Me duele que Carmen me lo arroje de frente sin arroparlo con nada, ni siquiera con aquello de que esas son las típicas frases que dicen los padres. Carmen lo suelta tal cual y con eso corta mi racha de irle repitiendo muy bien, muy bien. Guardo un silencio que no sé si es largo o corto. En todo caso, no me parece que sea incómodo o que a Carmen se lo resulte. A ella le ha parecido una frase sin más.

Puestas a decirnos las verdades, iba a decirle que la he invitado por una mentira, haciéndole creer

que quería que me contase cómo surgió su relación con mi padre cuando descubro que lo que
yo buscaba era averiguar lo que él le podía haber
contado de mí, si había algo que no se atreviese a
decirme. En el fondo, lo que quiero es que ella,
una mujer que apenas tengo vista de dos tardes y
a la que acabo de conocer, me diga si he sido una
buena o una mala hija según lo que le haya explicado mi padre. Iba a decírselo, pero no es menester: ella me ve, se pone seria, me añade algo que
yo ya sé y que, sin embargo, me suena a nuevo o
a distinto. Ella me dice que mi padre me quiere
lo que más en el mundo y a mí se me ocurre que
si en este instante no sonrío como él aunque sea
un poco es que nunca seré capaz de sonreír como
él me ha dicho que sonrío. Me pregunto hasta
dónde llegará mi inseguridad, o hasta dónde la
transmito, si esa frase tan evidente y tan obvia de
una mujer extraña me revuelve así, pero así es. Ella
niega que sea una frase hecha y yo me lo creo: me
dice de verdad que mi padre tiene pasión por mí
y orgullo por lo que hago. Me pregunto a la vez
hasta dónde habrá llegado la soledad de la que se
lamenta mi padre si yo le he sabido siempre en el
pueblo, de aquí para allá, de cháchara con sus

amigos y sus conocidos de toda la vida. Yo he sido ese tipo de gente que mide la soledad de los demás fijándose en el número de personas que los rodean.

Tu padre, me dice Carmen, vive sin amarguras y teme que a ti eso no te pase porque parece que lleves un lastre. Me he acordado de la náusea y he comprobado eso que dicen de que los padres se dan cuenta de los estados de ánimo que les tratas de ocultar: él ve que sonrío poco y que agacho mucho los ojos y eso, según Carmen, le llama mucho la atención y le inquieta; y no me pregunta qué me pasa por no enfadarme. Se ve que mi padre tiene conmigo una sinceridad absoluta salvo para lo más relevante. Para eso, me teme. Lo único de lo que él se queja es de que no vengas más a verlo, y yo he pensado —esto lo piensa Carmen, y no está claro que lo piense también mi padre— que si no te ha dicho lo nuestro es como castigo porque no vinieras a verlo más.

Noto que mi estado de ánimo cambia. No porque lleve un lastre. Creo que es malhumor.

—Puede que sea eso y que debería haber venido más y preguntarle, pero si eso es así, así se van a quedar las cosas. Entenderás que yo perdón no le voy a pedir. Yo perdón no es lo último que le voy a decir a mi padre, que me ha pedido que no pierda el tiempo en lamentos. Yo le daré las gracias y le daré la mano, pero no va a haber perdones en nuestra despedida.

Carmen deja que haya un silencio que, en su caso, tampoco es incómodo ni molesto. Sale del paso como saldría mi padre, ayudada de los libros. Dice que mi padre los toma como su herencia y que, desde que supo que estaba enfermo, persiguió cada ejemplar que hubiera prestado para tenerlos juntos de nuevo en las estanterías del salón y del estudio, donde se paraba a repasar las frases que subrayó. Cuenta Carmen que entonces su cara se volvía expresiva de pronto y que empezaba a contarle los sitios en los que compró cada libro o por qué le impactaron de esa manera, lo que explica que mi padre tenga tantas frases tan frescas: porque ha invertido los últimos meses en revivirlas con Carmen.

—La primera noche que tu padre pasó en mi casa estuvo un par de horas mirando mi biblioteca. Abrió la mayoría de los libros y me fue preguntando cómo podía ser que no tuviera ninguno subrayado o sin marcas, que cómo sabía los que me habían gustado o los que me sobrecogieron. Simplemente lo sé, le dije, y me miró como si fuera a calzarse y marcharse. Pero se quedó, y estoy segura de que si se quedó fue en gran parte porque le interesó la mujer que esos libros le hicieron creer que yo era. A partir de ahí, lo único que me quedaba era poder decepcionarle. Lo bueno de echarse un novio a esta edad es que se lo piensa un par de veces antes de plantarte: se le reduce el margen de encontrar alternativas.

—¿Crees que mi padre estaba contigo por no estar solo?

—En gran parte sí, claro. ¿No es eso quererse?

—Supongo. Pero te tendrá que gustar la otra persona, ¿no? Tiene que haber la ilusión de la que hablabas.

—Nosotros nos hemos querido. Te diré que hemos pasado juntos muchas noches y supongo que esto no te lo debería decir. Pero es que esos eran los momentos que valían la pena: las noches, cuando hacernos una caricia se parecía a hacer la revolución. Dirás que exagero, pero es muy difícil llegar a entenderlo. Esa caricia quería decir que todavía se puede lo que la vida te veta y que, por un rato, era posible sentirse como antes sin pensar en la edad ni en los achaques, sin pensar en que nos habíamos vuelto unos viejos. Tu padre te hace apreciar ese tipo de detalles sin estropearlos con ningún comentario a destiempo. A lo sumo te da la mano o te mira y todo lo demás sucede porque, entonces, parece que todo tenga un sentido y que no se vaya a acabar nunca. Fíjate qué mentira tan grande y qué ilusión más cruel. Da igual. En esos segundos todo se puede y no hace falta nada más.

Carmen vuelve a beber.

—De alguna manera, hemos estado juntos para no estar solos, claro. Eso no significa que este amor deba ser un amor voraz de juventud. Lo que te da la vejez es que limitas mucho las expectativas, así que la felicidad queda más cerca. Tu padre quiso a tu madre y la quiere aún. Hablaba de ella a todas horas. Hablaba más de ella que de ti, y espero no herirte. Tu padre quiso mucho a tu madre y yo ya soy mayor para ponerme a competir con nadie. Ni tengo celos de ella ni aspiro siquiera a que me quiera igual. Puedes creer que te lo estoy diciendo con sinceridad: yo a tu padre no le he pedido nada y en cambio nos hemos ofrecido el tiempo que teníamos. En el camino, pudimos construir un espacio juntos y esa conquista, la de nuestra propia intimidad, no me parece menor. Hasta que él decidió que esto se acababa.

—¿Él?

Es en este instante en el que Carmen parece que vaya a decir lo que ha venido a decir. Porque Carmen, y ahora me doy cuenta, no ha venido a contarme y a conocerme. O no solo. Carmen también traía una doble intención: se le han puesto los ojos que se le pusieron el día en que la conocí, cuando le cerré la puerta y le dije que a mi padre aún le quedaba tiempo.

—Ha tomado una decisión que solo puede tomar él, que es la de matarse —me dice.

—En realidad, él lo que quiere es evitar llegar a un estado en el que, aunque aún tenga vida, no tendrá conciencia. Y sin eso, no hay nada. Él está enfermo y se muere, y eso él no lo decide. No tiene la culpa del dilema que afronta.

—No es culpable de nada, pero no es un dilema. Es lo que le ha tocado.

—Ya, pero es que esto no es ninguna lotería. Lo que él tiene, como tenemos los demás, es la lucidez, que le permite distinguir que una cosa es vivir y otra resignarse a respirar y a dejar que te alimenten. Eso no es una vida, o no es la vida que él quiere.

—No es una vida a tu juicio.

—No. Al suyo, que es lo que importa.

—¿Y a ti te parece bien?

—Es que eso, en este caso, es relativo.

—Pues a ti te tocará matarlo, o eso quiere él.

—Yo no lo llamaría así.

—Llamarlo de otra manera es engañarse.

—Quizá engañarse es no querer ver más allá de la opinión de cada una y hacer juicios morales a costa del sufrimiento que padecen los demás.

—Es una acusación muy grave.

—A mí no me parece ni siquiera una acusación. Me parece que estamos exponiendo de forma civilizada dos maneras de ver lo que sucede sobre una decisión que corresponde a mi padre. Porque es libre de tomarla o no.

—Mira, yo no he venido a convencerte de nada. He venido porque me has llamado y porque le he querido y, como le he querido, no entiendo que quiera precipitar las cosas.

—Es que no precipita nada. Al revés: está esperando el momento. Lo que quiere es irse cuando se esté convirtiendo en lo que no quiere ser. Mi padre no quiere estar si deja de reconocerme y de entender lo que le digo. Mi padre no quiere ni imaginarse tirado en la cama sin distinguir si las manos que le cuidan son las mías o son las tuyas o son las de cualquier desconocido. No creo que podamos llegar a imaginar, por mucho que lo intentemos, lo que tiene que ser sentirse al borde de un final así. Me extrañaría mucho que esta forma de amar la vida, que es la que me inculcó, no la haya compartido contigo en esa intimidad que habéis sabido crear en estos meses. Sabrás entonces, Carmen, que mi padre no confunde la vida con la supervivencia.

—Ya, pero nosotros no podemos decidir eso.

—¿Y entonces quién?

—Pues el cuerpo, cuando se muera. ¿Tú estás segura de que tu padre conserva a estas alturas la lucidez para tomar una decisión así?

—Tan segura como que esta idea mi padre no la ha tenido de pronto, al primer achaque. Esto él lo ha visto claro desde siempre, porque esto no va de querer morirse. Esto va, te lo repito porque de verdad lo creo, de su manera de entender lo que es estar en la vida.

—¿Y tú lo tienes claro? ¿No tienes ni la más mínima duda?

—Me espantaría no tenerla. Tengo más de una, por supuesto.

—¿Y crees que se puede hacer algo así si tienes una duda?

—Pues no lo sé. Sé que nosotras podemos alargar esta conversación hasta la noche, pero el que se muere y el que sufre es él. Y el que ha conservado un temple admirable no para convencerme, sino para que yo pudiera entender una decisión que ahora veo que entiendo sin pegas. Tan meditado lo tiene que se ha dado incluso tres oportunidades por si se arrepiente. Yo no soy nadie para decidir sobre el final de las personas, pero tengo menos autoridad aún para negarle la última voluntad al hombre que ha dedicado su vida a cuidar de la mía. El mismo hombre que me ha enseñado a no juzgar y, en consecuencia, a que me importen muy poco los juicios de los demás. Fueran quienes fueran.

—¿Y no te atormenta que dentro de un mes o de un año te puedas hacer la pregunta de si hiciste bien o hiciste mal? Solo el hecho de que exista esa opción es aterrador.

Al decir aterrador, Carmen ha levantado la voz. Ha levantado también el dedo índice.

—Esa opción existe siempre, Carmen. Lo contrario es fanatismo.

Carmen toca el filo del vaso con el mismo dedo que me levantó, tratando de suavizar el gesto.

—Déjame hacerte una pregunta —le digo—: ¿Tú por qué quieres que mi padre viva en condiciones en las que él se niega a vivir?

—Porque es ley de vida.

—¿Y qué ley es esa?

—La que hay que asumir.

—¿Así, sin más? ¿Sin preguntarnos si es justa o injusta? ¿Dándolo todo por inevitable? ¿Ley de vida es la que lo postra ahí y le impide andar por su cuenta y bajar a la playa? ¿La que le hace ir perdiendo la cabeza? ¿La que acabará haciendo que no reconozca a su propia hija?

—La que nos toca a todos.

—Pues cada uno que decida cómo quiere acabarla si no se mete con nadie.

Las voces han subido de tono un poco. Javier ha bajado a ver qué ocurría y a advertirnos de que íbamos a despertar a mi padre, que se acababa de dormir. A Carmen se le han tensado los gestos y las facciones y me sorprende ver en mis manos la misma templanza que tengo de espíritu. Salimos al patio. Y le pregunto si cree.

—¿Tus reparos son religiosos, Carmen?

—Aunque lo fueran, no tiene nada que ver. Es una cuestión ética.

—¿Quieres decir que mi padre no tiene ética?

—¡No, por Dios! Quiero decir que es cuestión de principios.

—Los tuyos. Mi padre tiene los suyos. Doy por hecho que de esto habéis hablado bastante.

—Claro que lo hablamos, y estoy convencida de que por eso me apartó. No discuto que sean sinceras sus demás razones y que me quiere evitar el trance de verlo agonizar. Pero sé, por mucho que me lo niegue, que no me quiere cerca por si te convenzo de que no hagas lo que él quiere, porque creo que esto puede pesar sobre tu conciencia y convertir tu futuro en un infierno de remordimientos.

—Mi conciencia ahora es lo de menos.

—¿Estás segura?

—En eso no tengo dudas, mira lo que te digo. Tengo claro ahora mismo qué es lo que va primero. Y no soy yo, claro. Ese infierno puedo tenerlo si le ayudo a morir, pero si no le ayudo también.

Le cuento a Carmen el pasaje del crucifijo, cuando me pidió descolgarlo. Aquella tarde pensé que lo hacía para hacerse el ateo con ella y ahora supongo que lo hizo por enrabietarla. Ella se ríe sin sarcasmo.

—Carmen, ¿tú no quieres que se muera por él o por ti?

Este silencio sí ha sido incómodo, y largo. Al principio he pensado que se iba a ir o que me iba a tirar el vaso de agua a la cara. He pensado que me daría la espalda, buscando la puerta. Sin embargo, se ha mantenido en su sitio sobre sus propios pies. Carmen se ha asustado con la pregunta y ha abierto sus ojos redondos y las palmas de sus manos. Tras un silencio que se ha extendido por varios años, ha mirado al suelo y ha dejado la respuesta en el aire, sin aclarar si el miedo se lo daba la pregunta o la respuesta. Se ha acabado la jarra de agua y de pronto yo he vuelto a oír el estruendo de las chicharras. Javier nos avisa de que mi padre se acaba de despertar y le pregunto a Carmen si se quiere quedar. Sé que me dirá que no y, en efecto, eso es lo que me dice. Me toca la mano y estoy por devolverle el gesto, aunque no alcanzo. Va hacia la calle poco a poco, como si le pesara una tristeza que no traía.

En vez de marcharse de la casa, Carmen se escapa. Quizá vino con esperanzas, pero es mayor para saber que así no se puede ir a los sitios. Se vuelve e intenta repetir esa mirada tan de mi padre que consiste solo en mirar sin juzgar. No le sale. Noto sin que me lo diga lo que piensa de mí, que no es un reproche. Es lástima, porque ella cree de verdad que me arrepentiré toda mi vida de lo que pueda hacer en adelante.

Acierta a decir que el traje del que habla mi padre es el gris marengo, que tiene guardado en el armario de la derecha y que él mismo llevó a la tintorería. Me pide que le ponga un calcetín de cada color por si él no ha tenido tiempo de decírmelo. En un cajón hay dos pares de calcetines nuevos que le compró, me dice. Unos son verdes y otros naranjas.

—¿Tú sabes por qué algunos días se los ponía desparejados? —le pregunto.

—Siempre pensé que era por puro desorden.

—Seguro que era por eso. Pero siempre me decía lo mismo: que la monotonía había que empezar a romperla desde abajo.

La próxima vez que nos veamos Carmen y yo, mi padre llevará sus calcetines nuevos.

UN INSTANTE FUGAZ

Mi padre morirá esta semana, quizá la próxima. Morirá sin que llegue a morirse del todo: estará muerto aunque siga vivo porque, sin que haya perdido las ganas, habrá perdido la conciencia. A mi padre, que me ha dado sus mejores horas, lo tendré que alimentar cucharada a cucharada. Lo tendré que cambiar sin que le dé ya vergüenza, ni mucha ni poca, porque se habrá olvidado de lo que eso significa. Mi padre va camino de ser lo que me pide que no deje que sea. Le hablaré y no sabré si es capaz de entenderme.

Mi padre dejará de ser y, por eso, habrá muerto aunque no muera.

A mí me ha costado llegar a verlo, porque matar a un padre está mal y no se puede. No me abruma ninguna duda religiosa ni legal, ni tampoco la discusión con Carmen. A mí Carmen me merece respeto y valoro su intención, que para ella era un deber. Pero esto tiene más bien que ver con los principios. Los míos y los de mi padre.

A mí me ha costado asumirlo porque en estas últimas semanas me he sentido mal cada vez que, sin quererlo, he deseado que se muriese y me librase del dilema en el que me ha metido. Está mal querer que tu padre se muera, pero a veces lo quieres sin poder contenerte y cuesta aceptar eso tan evidente de que la vida, que iba a ser así para siempre, de pronto deja de serlo y se tuerce y te pone en lugares en los que no sospechabas que ibas a estar. Hasta que estás y te ves al final de tu fortuna, porque la suerte se acaba por mucho que fuera a durar una vida entera. Y tú que pensabas que eras la mujer que habías sido hasta entonces te das cuenta de que serás de verdad la mujer que tome una decisión ahora, puesta ante el instante fugaz y crítico en que se te ha acabado esa suerte. Ahí decides lo que eres ante tu propio juicio, el más severo: cobarde o valiente, consecuente o no.

Por eso, y porque le quiero, he decidido matar a mi padre.

Si va a morir de todos modos, que muera bien.

Yo ahora veo a mi padre distinto. No sé explicar cómo. Sé que lo veo distinto. Javier dice que está más decaído y que su cabeza se extravía más. A mí me mira y me sonríe, me reconoce, me dice que no tiene hambre y es capaz de describirme que Javier, al que llama también por su nombre, le ha aseado y por eso huele a limpio y a joven. Mi padre me ha preguntado cómo estaba la calle y le he dicho que a esta hora está vacía, que aprieta un calor del desierto y la gente se queda en casa o se mete en el agua esquivando las medusas. Dice que ojalá lo mate el calor.

Estos días sus amigos abrevian las visitas, e incluso Manuel sale descompuesto si viene a verlo, resignado ante la certeza de que hay otro que se le va a adelantar. Quizá acabe siendo verdad que Manuel no vaya a morirse nunca de tanto mentar a la muerte. Mi padre ha llamado a Manuel el coleccionista de funerales y él le ha respondido con una sonrisa helada. Mi padre se lo pone fácil y se ríe, porque le queda la risa y un fondo de esperanza por si vuelve Carmen, pese a que sabe que Carmen no va a volver ni él se lo va a pedir. Yo también lo sé, porque yo ahora sé mucho de lo que mi padre piensa que desconozco, y me tengo en la duda de si debo decírselo o callarme, de si no sería mejor contarle que estuve con ella y me explicó desde cuándo se conocen y las noches que han pasado juntos. Si se lo digo igual se enfada por haber ido más allá de dónde él quería que fuera. Aunque, si se lo digo, puede que me lo agradezca por haberle abierto a esa mujer las puertas de la casa. No sé qué hacer y como no sé qué hacer no hago nada. Me callo y me acuerdo de lo que me dijo Carmen y de que mi padre, al que tengo ahí delante, me ha echado de menos varias veces y que tiene miedo de decirme algunas cosas; pero a mí el orgullo me matará antes que a él lo mate su enfermedad. Ni se me ocurriría decirle que lo siento o usar una de esas vueltas que se usan cuando se dice lo siento sin querer decirlo o se admite que las cosas podrían haber sido de otra manera. Las cosas han sido como tenían que ser porque la vida a menudo es la mezcla del azar y de la falta de atrevimiento: las cosas son, y cuando las quieres corregir suele ser tarde.

—Papá —le digo—. ¿De verdad que nunca me has hablado de Carmen porque no le diste importancia?

—A ella claro que le di importancia. No se la di a mi historia con ella.

Me gustaría decirle la verdad: que creo que le asustó que, si ella y yo nos conociéramos, Carmen pudiera evitar que yo hiciera lo que él me quiere pedir tres veces.

No se lo digo.

Sus amigos me preguntan cómo ha ido con Carmen. Tampoco les doy mucho detalle. Me dicen ahora que me podrían haber contado, pero que si mi padre no lo hacía no iban a ser ellos quienes le traicionasen. Les digo que lo entiendo. Les digo la verdad. Están más cariñosos con él y cada abrazo que le dan parece que vaya a serlo de despedida. Se marchan de uno en uno de la habitación, serios y como si se hubieran vuelto unos ancianos, y dejan un vacío que no salva ni la radio. Dale voz, dice mi padre, tratando de volver a las noches en tren en las que, en realidad, no estaba en ningún sitio.

Intento lo de no hacer nada ni pensar en nada y me va saliendo mejor, sin presionarlo. Él se anima a la fuerza y me pregunta por el trabajo. Me prometió que no perdería el tiempo en hipocresías y a mí me brinda la de hacer ver que está todo bien. Se esfuerza en que yo note que su conversación es coherente, pero yo noto más sus esfuerzos que su conversación. Me ha contado Javier que hace poco lo tomó a él por uno de la cuadrilla y hasta quedaron para salir de bares. Una noche le pidió que le diera un beso, y Javier se lo dio.

A mí me pide que me acerque y se está un rato callado, sin ganas de hablar. Yo hago como que leo, pero solo tengo un libro abierto. Yo, por mirar, miro sus subrayados y sus notas y me entretengo en el libro que cuenta la historia de un niño que caía en su cama deshecho de cansancio y, al dormirse, oía fuera el tumulto y el furor del viento. Esa frase la subrayó en esta página, que es la 207 de *El primer hombre*: «Seguía oyendo aullar el tumulto y el furor del viento, que amaría toda su vida». La subrayó y le puso un signo al lado para fijarse bien. Dudo si la subrayó por cómo estaba escrita o porque le evocó en su momento una sensación perdida, porque será un misterio saber por qué se quedó unas frases y despreció las otras.

Yo descubro, ahora que ya es tan tarde, que los libros duplicados que no subrayó, los que tenía mi madre sin notas ni rayas, también están escritos al final, en sus últimas páginas, donde mi padre fue poniendo a lápiz el momento y el lugar en que ella los leyó. Eso hizo cuando la enterró: coger *El guardián entre el centeno* y anotar que lo había leído en sus vacaciones y que le había gustado mucho. Coger *Nada*, de Carmen Laforet, y escribir el impacto que su lectura produjo en mi madre, que luego viajó a Barcelona a buscar los rastros de aquella historia. He ido a mirar la colección de mi madre y he visto que él completó el laborioso ejercicio de recordar ejemplar a ejemplar las sensaciones que hubieran provocado en su mujer.

Yo, en fin, si el silencio se me hace largo o se me vuelve insoportable, acabo por ir al poeta y me pasa que si leo un verso suyo lo leo como si lo hubiera escrito mi padre o lo recitase con su misma voz. Y pienso que ya es tarde para casi todo.

En esas, se arranca a hablar y me cuenta que se acuerda del día en que su padre le dio la radio y le pidió que la cuidara, porque sabía que no era más que un trasto viejo pero que, al final, estamos en las cosas. Mi padre me cuenta que mis abuelos compraron el transistor en un mercado de segunda mano de Lyon, la ciudad a la que emigraron y donde le tuvieron a él, y que por miedo a que se lo confiscaran en la frontera lo escondieron entre los asientos del coche. Que él se acuerda porque era niño, me dice, y se le grabó la imagen de su madre descosiendo la tapicería para esconder la radio en el asiento como si con ella fueran a matar a alguien. Tú no digas nada, dice que le decían, y pasó el viaje temiendo que la radio se encendiese sola y los delatase, que un guardia se lo llevara y le quisiera sonsacar con preguntas hasta que le obligaran a renunciar a su familia. Se acuerda del día en que cruzaron aquella frontera, de la cola de coches y de que llovía y hacía frío y también del miedo que pasó hasta que llegaron a casa y vio a su madre sacar la radio y buscarle allí dentro un escondite más seguro.

De pronto, después de una resistencia que le ha durado semanas y meses, ha empezado él solo a hilar recuerdos y se ha puesto a rememorar cuando era niño y lo que le costó adaptar las costumbres que traía de Francia a la España a la que llegó, del impacto que le provocó comprobar que había todo un país que hablaba el idioma que él solo había escuchado dentro de su pequeña casa francesa y del día exacto en que su padre le sorprendió con una bicicleta de segunda mano. Se acuerda de esa niñez y sonríe y me pregunto qué sentido tiene que ahora, por mucho que se haya opuesto a su propio instinto, sucumba a esta nostalgia que parece que le dé un consuelo. Quizá es inevitable, o igual son las pastillas. Me dice, aunque se deje alguna palabra suelta, que se acuerda también del día en que mis abuelos conocieron a mi madre y de cómo ella les dijo, en esa primera tarde, que se iba a casar con mi padre, que estaba segura, y que les avisaba ya de antemano de que pensaba casarse con americana y pantalón, lo que ojalá no fuera un problema para ellos o sus costumbres porque eso iba a ser así y no de otra manera. Dice que su padre se echó a reír con una risa enigmática e indescifrable porque mi abuelo era de los que se guardaban las emociones y se ponían a hablar en voz baja si aparecía un tema político o polémico. En aquel mismo encuentro, y dispuesta a sentar de una las bases de todo, mi madre les aclaró que pensaba casarse por la iglesia y según las demás costumbres. Dice mi padre que no se le olvidan la serenidad de mi madre aquella tarde ni su vestido rojo de lunares blancos, ni la forma con que le apretaba la mano para prometerle que aquello iba a salir bien porque aquello era una decisión. Cuenta que durante años recrearon aquel momento antológico cuando iban a echarse a dormir y, de tan cansados, cualquier comentario les hacía reír en la cama. Mi padre se ponía entonces a imitar a mi madre mientras ella se preguntaba de dónde sacó el valor para plantarse con ese garbo ante unos suegros a los que no conocía y explicarles qué iba a hacer con el futuro de su hijo.

—De eso era de lo que más nos reíamos: yo ponía las caras de tu madre y ella sentía a la vez vergüenza y orgullo por aquella actuación suya. Era la mejor.

Mi padre se acuerda a estas alturas de las cosas concretas, y le hago ver que las recuerda bien.

—No sé si fueron exactamente así, pero así es como las recuerdo.

Cierra los ojos y tiende la mano al aire. Hace el gesto de querer agarrar algo pero, sea lo que sea, se le escapa. Se pone serio y devuelve la mano adonde la tenía.

Ahí ha dejado de sonreír.

Luego de ese esfuerzo, mi padre se ha ido por un silencio. Ha dejado de ser quien era o yo he dejado de reconocerlo mientras se perdía en un delirio del que le he sacado a voces. Me ha apretado los dedos de la mano y he pensado que aún tendría el impulso para pedirme, por fin y por tercera vez, que le ayude a terminar con esto. En vez de eso, ha empezado a repetirme qué quieres de mí, qué quieres de mí, y así ha seguido hasta que se ha quedado dormido y hecho un ovillo. Me ha recordado a cuando, al principio, se acurrucaba para pedirme que lo pusiera en el maletero del coche y lo llevase a cualquier parte. Pero aquello lo hacía a conciencia y esto no sabe por qué lo hace. Qué quieres de mí, me dice. Mi padre, que me ha querido más que a nada, se duerme con un rencor que no sabría decir si es fruto de su delirio o de su última lucidez. No sé cuál de los dos es el que se duerme odiándome, y no hay manera de vivir con esa duda.

En el momento en que Javier me ha dado la mano a mí he visto las cosas del revés: en su sitio. Me ha dicho tenemos que hablar, como si fuera él, que no es de la familia, el que me iba a explicar lo que había que hacer. Pero yo estoy determinada y firme, porque este proceso es irreversible y mi padre merece lo que me pide. A mí nadie me tiene que convencer de nada ni podrá disuadirme tampoco, ahora que he tomado acaso la única decisión trascendente que tomo en mi vida, o la primera de verdad. Ahora que la mansedumbre se me parece vieja y ajena.

Resulta que es Javier quien tiene el encargo de mi padre, que primero pensó en decírselo a sus amigos y después no les creyó capaces de hacerlo.

Fue a Javier a quien encomendó mi padre que, cuando me viera lista o cuando yo misma se lo pidiera, me explicara el cambio en la medicación y cómo acelerar el proceso, porque intuía que a mí me entrarían las dudas y confundiría ayudarle con matarlo, que es una confusión tonta pero razonable. Él no quería que yo estuviera peor de lo que ya estoy, pero yo no estoy desazonada ni furiosa porque el tiempo haya durado tan poco. Estoy tranquila porque estoy segura y porque lo he entendido: yo voy a hacer lo que mi padre tuvo claro con esa lucidez cruda tan suya, que no engaña ni envejece. Yo voy a poder estar a su lado y darle la mano y acariciarle como esa vez, la única, en que me ha dejado asearle y limpiarle. Voy a poder decirme que ha tenido la suerte —no sé si es la palabra, pero otra no se me ocurre— de despedirse y de pasar conmigo lo que más quería: momentos de nada, y me lo diré sin que sea un consuelo o una justificación. Me diré que hemos podido darnos un empacho de libros y hemos devuelto a la vida sus mejores frases, las que subrayó a lápiz para guiarme cada vez que le quisiera encontrar en sus márgenes. Y todo lo que a mí me envenenaba en debates sobre el límite de mi moral, sobre cómo hacerlo y con quién y si debía hacerlo y si esto me iba a convertir en mala hija y en un demonio, lo voy a resolver con la ayuda de un chico al que conocí unas semanas atrás, que se ha ganado la confianza de mi padre y que me pide que esté tranquila porque, en este estado de las cosas, nadie me va a reprochar nada. Es Javier quien me dice lo que va a pasar en la manera en que mi padre ha dispuesto que pase.

Así ocurre, en efecto. Derrepente.
Así he hecho lo que tenía que hacer.

En medio de una tristeza sin fin, he tenido por primera vez la liberadora revelación de no sentir culpa por nada. Ni culpa ni arrepentimiento. Eso debe de ser el deber: la tranquilidad de hacer lo que, puesta ante un momento fugaz y crítico, era de justicia hacer. Pocas veces he notado la sensación explícita de querer a mi padre más que en este instante en que ningún juicio me oprime y en que le aprieto la mano por si llego a tiempo de que esa sea su última cosa concreta del mundo: el recuerdo de aquella lazada en la que nos envolvía a mi madre y a mí mientras él señalaba el mundo con sus ojos.

Javier viene a calmarme y me asegura que nadie me hará preguntas de más, que se sabía que estaba enfermo y que esto era cuestión de horas. Que esto, me dice, no es matar a nadie. Javier me habla como se habla a los asesinos de novela en ese lapso que va desde que acaban de cometer el crimen al momento en que se presenta el primer agente de policía, pero la verdad es que yo no estoy temiendo nada. Yo en realidad tengo el cuerpo liviano igual que el oso que se mete por los caños de la casa y pienso que cuando se presente la pena me quedarán la alegría y las risas. Una ironía, en fin, que hará que las cosas tengan todavía un sentido.

En la habitación se han hecho una luz de ceniza y un calor bochornoso.

He salido a las calles, que resplandecían. He preguntado en el periódico cuánto cuesta una esquela y cuando me han preguntado qué texto quería poner he traicionado su voluntad. En vez de una frase de otros le he escrito una mía. Por si me lee: ha muerto el hombre que me enseñó a no hacer nada y a sentirme plena. En la corona de flores le he puesto otra: una sonrisa invencible. Nadie sabrá si esas flores son de mi parte o son de la tuya, le he dicho a Carmen cuando le he dado, en persona, la noticia que ya esperaba. Te veo en el funeral, le he dicho también mientras me despedía. Me ha abrazado con un afecto sin reproches, serena dentro de su desdicha, y me ha pedido que me cuide, que es algo que me había acostumbrado a dejar de oír.

—Cuídate, que estás muy flaca y ahora vendrá lo peor.

No se me ocurre algo peor, si se acaba de morir mi padre. Lo que sea, ya vendrá. Luego he ido en busca de Javier, que recoge sus cosas y se tendrá que poner a buscar otros clientes. Parece en su cara que el huérfano sea él y yo venga a confortarle. Me he dado cuenta de que, muerto mi padre, él es otra vez un chaval con toda la vida por delante. Ha dejado de ser la conciencia que aplomó a mi padre y lo ayudó a tenerse en pie frente al espejo con la madurez de sus veinte años. El chico que me decía que todo estaba bien mientras yo hacía lo que tenía que hacer. Es tanto lo que le quiero expresar que darle las gracias me da vergüenza. En vez de eso, me callo. Me da las gracias él a mí, lo que me descoloca, y me da pena que sea tan buena gente porque habrá quien llegue pronto a aprovecharse de él. Pienso que soy mayor para pensar cosas así. Lo único que me pide Javier es si, de todos los libros que hay en la casa, puede quedarse con uno.

—¡Claro! ¿Y cuál quieres?

—*Pedro Páramo*.

—¿Quieres el que tiene escrito y subrayado o el otro?

—El suyo quiero, claro.

Mi padre ha esperado a morirse para regalarle a Javier el libro de los muertos.

He salido al sol, que llena el cielo, y he buscado los filos de sombra en las aceras hasta llegar a la playa. Me he dado cuenta del estruendo de las chicharras y de lo desiertas que están las calles, que se llenarán al final del día, cuando la gente forme corros a la fresca de la noche y se digan unos a otros que ha muerto el viudo que tenía una hija divorciada y que decían que estaba tan enfermo. Eso seremos al fin, papá. Una frase al paso de una velada de verano y, a lo más, un lamento por el pobre hombre o por la pobre chica que perdió a su madre de niña y ahora se queda sin padre, vete a saber.

He llegado al mar, que hoy me parece más hondo e inabordable, y me he descalzado para entrar en el agua pero, sin saber por qué, me he quedado en la orilla. Me he mojado los pies y, desde allí, con la arena entre los dedos, he mandado el mensaje a todos sus contactos: mi padre ha muerto, se ha ido con la dignidad con la que vivió. Eso he puesto, porque no llegamos a ningún acuerdo y porque me ha parecido una fórmula estilosa aunque demasiado formal. Sospecho que no le habría gustado, pero me enseñó a vivir sin depender de los juicios de los demás, y eso pretendo. Les he mandado también la foto que nos hicimos el último día. La buena, en la que nos reíamos.

Al momento, uno por uno, he empezado a recibir respuesta de los amigos. No eran textos escritos: eran notas de voz. Cada uno de ellos me ha mandado una nota de audio distinta desde sus teléfonos y me he sentado a escucharlas todas. Una tras otra, porque esos mensajes no eran suyos. Eran mensajes que les había enviado mi padre con la condición de que no me los hicieran llegar hasta que no hubiera muerto; y así es como ahora que ya se ha muerto vuelvo a oír la voz del hombre que todavía no había perdido la lucidez ni se desdoblaba en otro que no era mi padre. Ahí está él, dándome los buenos días y sacando los recuerdos que nunca quiso que compartiéramos para que no cayera en la trampa de la nostalgia. Ahí está hablando del lastre y de la náusea que nunca le rebelé, pero que él supo ver desde el principio, diciéndome lo que supongo que dicen los padres a los hijos: que ojalá yo pudiera verme con los ojos con los que él me miraba. Es la voz de mi padre y a mí me suena distinta porque las cosas ya no volverán a ser nunca lo que fueron. Es verdad que el tiempo valía lo que valía en su momento.

Me he puesto a mirar el mar, de un azul intenso y arrollador, y me he esmerado en verlo tal como lo escribe Manuel Vicent, por si me caía en los pies la esquirla de alguna ola de espuma y de sal. No hago más que respirar y ser consciente de que lo hago. Supongo que debería llorar y no me apetece. Noto la pena y sin embargo un sentimiento extraño me hace estar bien o satisfecha. Es raro decirlo, pero es la verdad: tengo una sensación que me acerca mucho a la satisfacción. Pienso que sin el mar sería distinto. No me tendría que sentir de esta manera y así es como me siento. Llegué a creer que mi vida era él, y si me llegan a decir que se muere, me muero. No me he muerto al matarlo. Al contrario. Sospecho que no soy consciente del vacío que voy a empezar a vivir ni de las veces en que le llamaré o iré a verle pensando que aún está, ni de los ratos en que me voy a acordar de él; pero hay algo que me impide sentirme mal por sentirme así. Celebro la vida que tuvo, y eso me hace quedar conforme con mi conciencia mientras miro el mar desde donde él me enseñó, en el borde mismo del horizonte. Es ahora que se ha muerto y yo estoy por incinerarlo cuando tengo la fuerza que por mucho tiempo me faltó y que no me habría dejado tenerme en pie como me tengo. Quizá sea porque sé ya, en esta primera hora en la que todo es tan reciente, que voy a convivir bien con mi padre y su recuerdo, que lo imaginaré en la casa, en los amigos, en el momento en que me cruce con Carmen de ordinario y le dé más abrazos de los que yo no sabía que le tengo que dar y que, sin embargo, nos debemos. Lo escucharé en esas notas de voz que yo no voy a borrar del móvil y también cada vez que pongan jazz y soul en la radio, y Los Chichos, que ya los tengo a punto para el funeral. Lo sentiré en las veces que vea a un padre con sus hijas y me recordarán al mío y a la relación que supo guardar conmigo, que no era una amistad: era una categoría, eso era. Es irónico que eso sea lo que me vaya a dejar: una nostalgia inevitable.

He tenido la fortuna de que ese hombre corriente fuera mi padre y de que estuviera a mi lado cuando la suerte se me acabó y me puso en el sitio en el que yo no quería. Ahora solo espero haber estado a su altura y a la de sus principios. Lo leeré en sus frases robadas que ahora le robo para poner palabras a esta rabia por la que quisiera escarbar la tierra con los dientes, a dentelladas secas y calientes. Me quedaré en los versos del poeta, que me lo devolverán en sus ratos de mayor lucidez para borrar lo malo como si lo malo no hubiera sido. Pero ha sido; y lo malo y lo difícil y este proceso de semanas en las que se me paró el mundo también forman parte de lo que me ha traído hasta aquí y de lo que soy. No renunciaré a eso: yo no estoy dispuesta a renunciar a nada. Mi padre estará en sus frases y en sus libros, que lo honrarán como todas sus demás cosas, como el transistor de la posguerra que él heredó de sus padres y heredo yo de él sin que no sepa muy bien qué hacer con nada.

Todas las madrugadas el pueblo tiembla con el paso de las carretas. Llegan de todas partes, copeteadas de salitre, de mazorcas, yerba de pará. Rechinan sus ruedas haciendo vibrar las ventanas, despertando a la gente. Es la misma hora en que se abren los hornos y huele a pan recién horneado. Y de pronto puede tronar el cielo. Caer la lluvia. Puede venir la primavera. Allá te acostumbrarás a los «derrepentes», mi hijo.

JUAN RULFO, *Pedro Páramo*

Queremos compartir más momentos contigo.

Únete a la comunidad de PenguinLibros y encuentra tu siguiente lectura.

¡Únete hoy!

Penguin
Random House
Grupo Editorial